GT·5428

a invenção dos SUBÚRBIOS

Daniel Francoy

jabuticaba

Vamos à história dos subúrbios.

Machado de Assis, "Dom Casmurro"

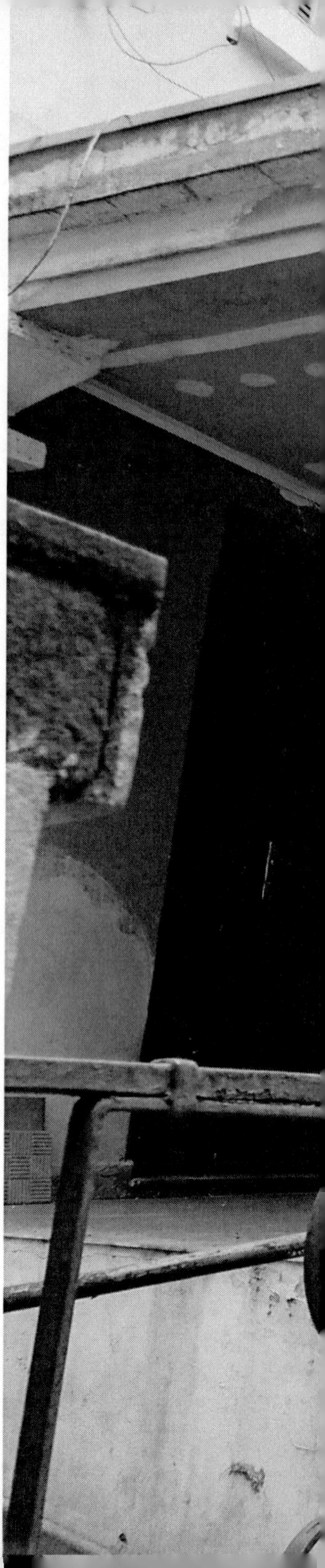

FOGÃO MINEIRO
RESTAURANTE

para Ana, que caminha ao meu lado por ruas destruídas

janeiro

01 de Janeiro de 2017

Primeiro dia do ano e a noite de Pedro Páramo: virando a esquina, uma casa confraterniza há mais de vinte e quatro horas, mesas e cadeiras sobre a calçada, velhos, crianças, moças que ainda ontem trocaram o esmalte das unhas, rapazes que ainda agora compartilham pornografia em grupos de whatsapp. O almoço sob o sol, aquele calor que gere o fogo em úteros de pedras abrasadas, aquele vento incandescente que é a quase manifestação de um quarto estado da matéria. Muro de calor. Todos os passos ecoam como se os pés pisoteassem e arrastassem cascalho. Os pássaros, as árvores: mesmo o que ascende parece ser um prolongamento da poeira revolvida, do cascalho em desordem. O calor é uma garganta rouca que grita fogo. A Vila Tibério anoitece como uma brasa morta na superfície, mas incendiada no subterrâneo. Bombas ainda explodem. Carros ainda passam. Vozes ainda ecoam. Como se todos estivéssemos submersos, conversando debaixo da terra, esquecidos de uma terrível condição, comemorando o melancólico dia dos vivos.

03 de Janeiro de 2016

Brás Cubas morreu numa sexta-feira do mês de Agosto de 1869. No dia do óbito, *peneirava - uma chuvinha miúda, triste e constante, tão constante e tão triste*; e é justo essa descrição da garoa a passagem do livro, dentre tantas outras mais memoráveis e mais citadas, aquela que ficou gravada mais fundo em minha memória. E, confesso, sempre me trouxe um certo incômodo. Tenho Agosto como um mês de longos estios, de tardes áridas e ventos encrespados, quando é ainda mais difícil respirar e as escolas decretam a suspensão das atividades físicas devido aos baixos índices de umidade do ar. A tal chuvinha miúda, triste e constante combina melhor com um dia de Janeiro. Aliás, se encontrasse Machado de Assis e me fosse permitido formular uma pergunta, provavelmente seria esta, e eu teria a consciência de estar me comportando de maneira ridícula: por que Brás Cubas não morreu em Janeiro? E o autor poderia responder: mas há tantos Brás Cubas que morrem em Janeiro. O fato é que hoje o dia transcorreu justamente assim: um dia qualquer em que um Brás Cubas morreu. Um dia de chuva triste e constante, de garoa peneirada sobre a nauseante doçura do tédio e das horas que se afirmam como uma força nula. Até iniciei um poema com esse sentimento. Talvez o termine mais tarde. Garoava antes e depois da tentativa de lirismo, e antes e depois preenchi o meu tempo com atividades corriqueiras: uma ida ao supermercado, um passeio pelo centro da cidade, uma passagem por um shopping, um hambúrguer comido num carrinho de lanche. Por vezes, nos ares frios e úmidos, vinha até mim uma melancolia agradável, contemplativa. E, logo depois, retornávamos ambos: eu e a realidade. Eu com as minhas tentativas de poemas e torpores nascidos do ócio. O mundo exterior com toda a sua banalidade: promoções de sapatos, um caminhão que traz a palavra "Jesus Cristo" escrita com a mesma fonte dos rótulos das garrafas de Coca-Cola, um lanche chamado "Padrão Fifa". E sobre tudo isso a chuvinha tão triste e tão constante.

09 de Janeiro de 2016

De todas as cidades da literatura, a que mais parece Ribeirão Preto é Orão, de "A Peste". Uma cidade inteiramente moderna porque sem suspeitas, escreve Camus. E continua, dizendo que em Orão as três atividades essenciais de cada cidade - amar, trabalhar, morrer - constituem um único hábito. Daí a conclusão de que em Orão as pessoas amam da mesma forma que trabalham e morrem, e o mesmo para todas as combinações possíveis. Talvez por isso, nos subúrbios, doam tanto os meses de Janeiro e Dezembro; meses que, a rigor, são não-meses, pois, em meio à euforia de um e ao torpor de outro, tem-se a fratura do hábito, do que se faz rotineiramente, sem alarde. E aí se tem o vislumbre de uma suspeita de algo que nunca se define, e que em dias como o de hoje, de céu branco e garoas intermitentes, assume o corpo de uma melancolia suave, amortecida. Quase como observar, na distância poente, movimentos involuntários de um paciente anestesiado sobre a mesa. Então é possível pensar, entre a esperança e o terror: "Ele vai acordar! Ele vai despertar!" *Mas ele quem?*

21 de Janeiro de 2017

Entre sóis absolutos, chuvas diluvianas e serões intermináveis, Janeiro começa a se esvair. Gostaria de dizer que docemente, embora a imagem que penso seja outra: a de uma fogueira tornando-se cinzas que, sob o peso de uma garoa, vai se ensopando, e sobe aos céus aquele cheiro de plástico queimado, troncos, folhas de árvores encharcadas, terra remexida. Em outras palavras: Janeiro termina, mas não com uma explosão, tampouco como um suspiro, mas simplesmente como algo que se tornou grande demais para suportar o próprio peso. Ainda haverá convulsões, aqui e ali; ainda o calor regressará, deixando um sinal de borra de café na epiderme do dia; ainda os bueiros transbordarão, tornando certos caminhos irrespiráveis e complicando o tráfego do final do expediente. Tudo é absolutamente previsível, e assim, nesse turbilhão de familiaridade, a cidade continua. Hoje retornei para uma caminhada pelo centro da cidade. No Centro, naquele espaço entre o Mercado Municipal e o Centro Popular de Compras, o camelô boliviano continua tocando portentos dos anos 80. A trilha sonora de "Top Gun" é o mínimo que se admite. Perto dele, um outro camelô vende filmes com histórias bíblicas. Entre os dois, um homem dança, finge que canta, risível, alucinado, exigindo uma compaixão impossível. Nas esquinas próximas, lichias em carriolas, e há semanas penso na magnífica transição das lichias que foram dos corredores dos supermercados chiques para as carriolas dos ambulantes. E nas carriolas elas são nossas, digo, são da mesma singeleza das jabuticabas, da mesma exasperação das goiabas, da mesma empáfia meio ridícula dos abacaxis, do mesmo desamparo das mangas coração de boi: apenas mais um artefato de doçura extrema explodindo sobre as catacumbas do dia. Janeiro é um emaranhado de cheiros onde o doce predomina, imiscuindo-se nas artérias do fogo, tornando-se pesado nos dias de calor e melodia distante logo depois da chuva. O dançarino risível traz uma camiseta em que se lê, na parte da frente, "Nós (o sinal positivo que significa curtir no Facebook) vocês", e, nas costas, está simplesmente escrito "Aruba". Ele atravessa a Jerônimo Gonçalves. Fica bailando sobre a ponte. Depois salta sobre a faixa de pedestres e, como um guarda em transe, fica dando ordens e sinalizando aos carros que tentam se desviar. No outro lado da rua, diante da rodoviária, um sujeito vende sombrinhas. Deixa várias abertas, viradas para o tráfego, vitórias-régias do concreto: uma sombrinha com padrões de pele de onça, outra com pássaros brancos voando em torno de um sol avermelhado, outra de um cor de rosa extremo, outra transparente com bolinhas vermelhas.

22 de Janeiro de 2017

O cinema independente norte-americano dos anos 90 e 00, talvez influenciado pelos irmãos Coen, consolidou em minha memória afetiva os grandes vazios de um Estados Unidos caipira e desgovernado: estacionamentos de supermercado no interior do Nebraska, reuniões de trabalho com um tom autoajuda nos ermos do Oklahoma, o amarelo ondulante dos milharais do Kansas, um subúrbio recoberto de neve nos cafundós do Maine, homens bebendo tristes nas desolações do Wisconsin, hotéis de beira da estrada na saída de Albuquerque. E é

com desolado encanto que vejo Ribeirão Preto, quando transformada em lugar literário, aproximar-se dessa memória inventada, confundindo-se com as cidades e os cenários acima nomeados. Exemplo: o supermercado Extra da avenida Presidente Vargas, mais precisamente a sua praça de alimentação. Um restaurante japonês, um Girafas e um Burger King. Estão sempre às moscas. A praça de alimentação é toda de paredes de vidro e, enquanto se come, é possível observar o vento encarnado de poeira dando voltas lá fora, ao redor dos telhados de uma cidade sem qualquer história. Uma escada rolante vem do estacionamento subterrâneo e descarrega, precisa, toda a sorte de estruturas familiares e solitários, e eu sempre desconfio que em algum momento vai surgir, com a sua cara de supremo perdedor, William H. Macy, John C. Reilly ou o próprio Steve Buscemi - indivíduos massacrados pelos dias, pensando assassinatos, infidelidades, golpes ridículos que nunca darão certo. No topo da escada fica um adolescente extremamente alto, magro e triste entregando um panfleto com as promoções do dia. Hoje estive lá e foi absolutamente assim, o que fez o domingo pesar como uma laje sobre o peito. Chovia lá fora quando ganhei as ruas, aquela chuva quase imperceptível, silenciosa, visível apenas quando se olha para as lâmpadas dos postes, e então surgem as fagulhas de água, de um dourado irisado. Segui com a ideia do cinema independente dos anos 90 na cabeça. Na esquina da Prudente de Moraes com a avenida Independência, parado no semáforo, fiquei olhando, à venda, um amontoado de churrasqueiras para domingos sem qualquer redenção. Desconsolado, resolvi acessar a Vila Tibério pela Duque de Caxias. Margeando a Praça XV, as altas árvores e seus galhos sobre a rua criavam um túnel de uma suavidade esverdeada, e um princípio de redenção se formou. E aí passei, finalmente, ao lado do

Teatro Pedro II. Estava vazio, nenhum carro estacionado diante dele, sem pessoas andando na praça. Havia apenas dois vultos ao lado de uma coluna, tentando se proteger da chuva. Dois namorados abraçados enquanto a luz se derramava cada vez mais difusa e úmida, e por um momento - indo para o extremo de outro ícone da memória coletiva - senti que a paisagem era tão bela quanto estar diante do Hôtel de Ville, em Paris, e observar o desamparo e a ternura de amantes anônimos.

24 de Janeiro de 2016

É muito fácil eu ter a sensação de que algum lugar é fantasmagórico: basta que eu caminhe por uma rua escura e encontre um estabelecimento comercial (de preferência bar ou lanchonete, mas também servem videolocadoras) totalmente vazio e muito iluminado em tons de branco. Foi assim que descobri o meu salão de bilhar favorito, em alguma noite de sábado (lembro-me que foi durante os meses mais frescos, então posso fixar uma noite entre Maio e Agosto) do ano de 2001. Eu e um amigo caminhávamos pela rua São José, quase na altura da Nove de Julho, quando vimos o lugar, que acabara de abrir. A balconista era uma mulher com um rosto triste, cabelos de um castanho desbotado. Perguntamos quanto era a ficha e ela hesitou durante um instante, como se não fôssemos bem-vindos, como se estivéssemos perturbando um incompreensível e equilibrado estado das coisas. Ainda hoje penso nisso: o motivo de ela ter hesitado, de ter parecido tão assustada. Por fim, jogamos algumas poucas partidas, e sob um silêncio tão compacto que, se ficássemos calados, era possível escutar as bolas correndo sobre o feltro; aquele silêncio de madrugada, do instante imediatamente anterior ao da madeira estalar, quando é possível perceber uma mínima variação da densidade do ar e quase dá para adivinhar o ruído que vai vir e que ainda assim, quando ele vem, o coração estremece. Mas divago. Jogamos algumas fichas e depois passamos a frequentar quase que semanalmente o estabelecimento. Jogávamos sobretudo nas tardes de domingo, durante o lento, pesado entardecer. Eles demoravam alguns minutos para acender as luzes e a penumbra ia se adensando e se somando ao silêncio sujo do final do dia. Às vezes o rádio estava ligado e sintonizado em algum jogo de futebol das 18h30 e eu me lembro que era muito triste estar ali, quase insuportável. Mais ou menos aquilo que o narrador de "A Queda da casa de Usher" diz quando pela primeira vez avista a casa maldita: "digo insuportável pois aquele sentimento não era atenuado por essa emoção meio agradável, meio poética, com a qual nosso espírito recebe, em geral, mesmo as imagens naturais mais severas da desolação e do terrível". Então houve um domingo em que fomos ao salão de bilhar mais tarde, perto das dez da noite. Começou a chover, e eu percebi que a tristeza dominical, como uma corda distendida ao máximo, arrebentou e todo o peso se esvaiu. Ainda hoje busco esse momento definitivo do domingo: o instante em que todo o peso se ausenta; e, se idealizo a morte, coisa mais difícil de se fazer à medida que os anos passam e a sujeira se acumula, é assim que faço: penso no instante em que todo o peso desaparece e não há nada, e assim Deus se revela como uma maravilhosa, infinita e completa ausência.

fevereiro

03 de Fevereiro de 2017

Nos arredores de onde agora moro, há uma espécie de centro comercial. Tem todo o tipo de comércio para as almas cândidas de agora: uma padaria que abusa da expressão artesanal, um empório com nome de santa, um hortifruti que ficaria ofendido de ser chamado de quitanda, um Subway, uma boutique da carne e um salão de beleza-café de apelo retrô. Na fachada, fotos de Sophia Loren, James Dean, Audrey Hepburn. O pastiche do pastiche. Como um cineasta imitando Tarantino imitando Godard imitando Samuel Fuller. O lugar em questão fica ao lado do Subway e os seus funcionários precisam se vestir de maneira propícia. Rapazes de gravata borboleta. Meninas de vestidos de bolinha e laços vermelhos na cabeça. O salão está quase sempre vazio e hoje, passando por lá, vi duas *pin ups*. Estavam sentadas, caladas, diante de uma mesinha em que se via um embrulho amarrotado do Subway, os olhos postados no vazio, tristes, como personagens de um filme que nunca existiu. Como um pintor imitando Hopper imitando a realidade e pensando: é o meu Nighthawks. Eu apenas digo que é uma entre tantas tardes douradas no Jardim Guaporé.

12 de Fevereiro de 2015

O que mais me comove na Vila Tibério é a banalidade que está além de qualquer redenção e que, por tal razão, beira o insólito. Dois exemplos extremos e nos extremos de um único dia: pela manhã, ainda antes das oito horas, velhos faziam fila esperando o supermercado do bairro abrir e, em dado momento, como a espera se tornou subitamente insuportável, eles começaram a balançar e a estapear as portas de correr numa imitação involuntária de zumbis. Depois, lá pelas nove da noite, um Escort amarelo caindo aos pedaços, capengando e fumarento, fez a rotatória Amim Calil. Estouro no escapamento, calotas bambas, um tipo franzino no volante e os demais assentos ocupados por seis ou sete corpos que se retorciam, amontoados, indistinguíveis uns dos outros: eram travestis que chegavam para trabalhar nos arredores da Santa Emília e da praça Coração de Maria. O meu coração, nesse momento, era um poema de Manuel Bandeira. O dia e os seus sentimentos inúteis e fundos.

15 de Fevereiro de 2017

A classe média vai ao paraíso: reconhecimento de digitais abre o portão eletrônico bem no momento em que a rádio Melody começa a tocar “Sweet Dreams”. Cavaletes alternam-se à esquerda e à direita da rua, com a seguinte inscrição: *proteja os nossos ciclistas, animais e crianças.* Vou dirigindo devagar, em ziguezague, por esse universo de suave irrealidade. E vou observando: dois rapazes jogam tênis, várias crianças brincam num campinho de areia (imagino-a fria, como que embebida de luar), vultos de garotas praticam chutes umas nas outras durante as aulas de taekwondo em torno do gazebo. As casas, brancas, cor de cal, são cercadas por massas de sombras e, mais adiante, delimitando a curva do horizonte, as luzes da cidade, envoltas pelo surdo rumorejar de motores. Numa das muitas ruas de casas idênticas, a lâmpada de um poste acende e apaga, acende e apaga, misteriosamente. Em outra rua, um brilho verde e vermelho rente ao chão: trata-se de uma menina de uns doze anos fazendo uma caminhada com um tênis de led. Um cachorro late. "Sweet Dreams" ainda não acabou e eu observo esse fenômeno curioso: a gênese de um subúrbio.

16 de Fevereiro de 2015

Há dias que se situam numa espécie de limbo: segunda-feira de carnaval é um exemplo. Não é um dia útil, com todo o seu frenesi, e tampouco é um feriado marcado pelo torpor. O supermercado em frente de casa - eterna tabacaria onde, todos os dias, desfilam Esteves sem metafísicas - estava aberto. A pastelaria Santana e a loteria, situadas no mesmo quarteirão, estavam fechadas. Amanheceu nublado, choveu, depois saiu o sol e a tarde se tornou cristalina, com silhuetas de fantasmas surgindo na contraluz. Saí para um passeio pelo bairro para ver se conseguia sacar dinheiro. Fui até o Banco do Brasil da praça Coração de Maria e depois até a Caixa da rua Luiz da Cunha. Ambas as agências estavam fechadas para evitar o risco dos ladrões que hoje explodem os caixas eletrônicos. No trajeto, fui me lembrando de vários comércios que fecharam e dos que, ainda abertos, perderam a sua alma. Exemplos: (1) o bar Paciência, que já não vende magníficos pastéis de carne com pedaços de ovo cozido em meio ao recheio; (2) os prédios em que antes funcionavam as videolocadoras em que buscava fitas de videogame, agora com placas de "aluga-se"; (3) um mercadinho local que vendia grãos a granel virou um dentista ou coisa assim, mas a suástica continua pichada no muro do outro lado da rua. Existem heranças feitas de vento e de ódio. São as mais difíceis de se administrar.

19 de Fevereiro de 2015

No microcosmo do Centro, o que mais gosto são os personagens que parecem se mover entre ciclos de insignificância. Por isso, eu aprecio os comércios especializados na venda de produtos que poucas pessoas compram: vendedores de tecidos, por exemplo. Nos últimos meses, fui em diversas casas que vendem tecidos para fazer vestidos, calças, cortinas e toalhas de cozinha. A Tanger é o melhor exemplo desse tipo de comércio, mas há outros na cidade. Um deles, perto da Catedral, é mantido por um senhor muito agitado e os fundos da loja, onde fica o estoque, abre-se para uma galeria de pátios internos que me fez lembrar de certas alas desoladas do castelo do Príncipe em "O Leopardo". E há também profissionais que, à sombra de seus colegas bem sucedidos, movem-se invisíveis pelas ruas do Centro, algo como uma transparência que dói e que passam à visibilidade apenas quando se percebe a excentricidade de suas roupas: sei, por exemplo, de um advogado que todas as vezes vejo com um lindo terno azul egresso do que me parece ser os anos 70, e de um dentista que, com os cabelos sempre pintados de um castanho carmesim, parece-me uma variação de Gustav Von Aschenbach em "Morte em Veneza". *Agora o senhor está pronto para o amor* - é dito ao moribundo artista pelo barbeiro do hotel que acaba de arrumá-lo para a morte, empoando o seu rosto, tingindo os bigodes e cabelos. É estranho perceber quando pessoas da minha idade - e que conheci jovens - atingem essa condição tão peculiar. Digo isso por ocasião de meu reencontro com um sujeito que conheci nos tempos do cursinho, um tipo meio apalermado e que tolerava, com incrível bom humor, todas as brincadeiras feitas contra ele. Findo o cursinho, o acaso fez com que eu o reencontrasse em diversas oportunidades. Uma vez eu o vi num clube de rock; em outra oportunidade, eu o surpreendi na Vila Tibério, na esquina em frente ao bar Paciência, quando ele me disse das dificuldades de ser um dentista recém-saído da faculdade; e, finalmente, no Centro. Durante essa última conversa, ele me entregou o cartão de seu consultório e, quando eu ia embora, ele se lembrou de que eu escrevia e perguntou sobre os poemas. Respondi que, por circunstâncias que até hoje nunca entendi, publiquei um livro de versos em Portugal, mas isso há muitos anos, e ele ficou realmente feliz. Depois disso passei em frente ao seu consultório em diversas oportunidades. Uma salinha pequena na rua Cerqueira César. Via o lugar aparentemente abandonado, até que hoje, quase às dez da noite, passava em frente ao lugar quando a porta do consultório se abriu e o sujeito que saiu é um desses tipos miseráveis que vêm de longe e que a cidade traga. Ele segurava um lenço junto à boca, como se tivesse acabado de extrair um dente, e atrás dele apareceu o meu amigo dentista, vestido de branco (uma

sombra pálida recortada contra a substância escura da noite), despedindo-se do cliente com amáveis tapinhas nas costas.

25 de Fevereiro de 2017

No condomínio fechado, o silêncio recrudesce. Da rodovia, o rumor dos carros que passam é cada vez mais esparso, e o silêncio vai crescendo como uma mancha escura que vai recobrindo telhados, arvoredos, distâncias. Os vizinhos são sempre opacos. O que sei de suas vidas é muito pouco, e vou construindo um mosaico ainda mais incompleto do que o de "Janela Indiscreta": a hora em que saem para trabalhar, a hora em que voltam, o modo como estacionam os seus carros, os latidos de seus cachorros, os nomes de seus filhos quando eles os chamam, risadas, os nomes de suas redes de wi-fi. No outro lado da rua, havia uma família que me chamava a atenção, e por um detalhe simples: para iluminar a frente da casa, eles colocaram uma lâmpada que ficava mudando de cor, como numa discoteca. No breu leitoso das madrugadas suburbanas, eu gostava de observar como o roxo passava ao verde e o verde passava para o azul e o azul para um amarelo mortiço e daí para um vermelho quase translúcido. Então, do nada, um caminhão de mudança apareceu e levou tudo embora. Eles tinham uma filha adolescente que, à distância, parecia observar tudo com os olhos marejados.

março

01 de Março de 2015

A feira, a poucos quarteirões de casa, é o único lugar onde é possível comprar ervilhas tortas, então vamos até lá. Subo a Bartolomeu de Gusmão e vou me lembrando. Estranho mais as casas que permaneceram como antes - espécie de perversão da morte - do que aquelas que foram modificadas. E vou lendo. A literatura das tabuletas de rua é a que menos me cansa. Não procuro erros de português ou qualquer anúncio ridículo para compartilhar com ares de desprezo. Para mim, é glorioso o suficiente saber que há um corretor de imóveis chamado Jerônimo e que, no mesmo quarteirão, há um eletricista de nome Faraó. Não muito longe, há um jardineiro que se anuncia assim: Jardineiro. Lembro-me de Alberto Caeiro. Se ele quisesse que o chamassem por outro nome, que não Jardineiro, diria a todos. O portão da casa do Jardineiro é de grades, olho para dentro, e não vejo nem sequer uma samambaia. O sol vai ganhando força. Em frente a uma antiga padaria, breve digressão sobre os anos oitenta e o leite C. Na pastelaria da feira, breve digressão sobre um pasteleiro japonês na Praia Grande - bem diante da orla - e os seus imbatíveis pastéis de carne com ovo, e a pergunta que é mais uma constatação: ainda há pastéis de carne com ovo? Há *madeleines* - a maioria - que se perdem para todo o sempre antes do resgate. Na feira, gosto das barracas de quinquilharias: mangueiras para gás, colheres de pau, ralos de cozinhas, suportes para colocar chinelos e sapatos. Não preciso de nada disso, mas gostaria que esse tipo de mercadoria não deixasse de ser vendida. Quatro goiabas por dois reais. Estão meio judiadas. Pago com uma nota de cinco. Feirantes sempre tentam voltar o troco, quando parco, em frutas. A velha oferece-me abacaxi, manga, abacate - tantas fortunas que poderiam ser compradas com três reais, mas não aceito. Hoje acordei inflexível.

07 de Março de 2015

Ana precisa fazer um carimbo e saber onde fica uma loja de carimbos é o tipo de irrelevância que faz parte do meu rol de conhecimentos. Fica na Martinico Prado, ao lado de um despachante, diante de uma lanchonete que vende sucos e pastéis. Um cubículo. Assim que passamos pela porta, um sensor de movimentos indica a nossa chegada e sinos começam a dobrar. Vem o vendedor de carimbos. Ana explica as suas necessidades e ele começa a expor, sobre o balcão, uma variedade incalculável de carimbos. Carimbos que nem sequer parecem carimbos. Carimbos que mais parecem *pen drives* ou canetas. Carimbos que se abrem como artefatos futuristas. Se houvesse um James Bond da burocracia, tenho certeza de que hoje conheci o "Q" desse opaco universo. Escolhemos um modelo básico. Reparo, então, o mais estranho. Sobre o balcão há um carimbo de mostruário e o nome que aparece, quando se carimba, é simplesmente Brian Molko, o nome do vocalista da banda Placebo. Terá sido o vendedor de carimbos, em seus verdes dias, um entusiasta ouvinte de rock independente? Assim terminam as últimas reminiscências da juventude? Será a prova definitiva de que o Placebo é uma autêntica banda dos subúrbios? Difícil concluir, ainda mais porque numa das paredes há um banner de uma marca de carimbos e um dos carimbos fotografados também traz o nome de Brian Molko. Também observo, sobre o balcão, um amontoado de revistas da renovação carismática da igreja católica. Novo dobrar de sinos. Acaba de entrar na loja um sujeito que pede uma almofada de carimbos. "Seis reais", diz o vendedor, e a transação comercial se consuma com espantosa banalidade. Ainda há homens que compram e vendem carimbos como quem respira. Voltando a me atender, o vendedor diz que o carimbo pode ficar pronto em vinte minutos ou daí uma semana. Perguntamos a diferença de preço e é algo como três reais. Resolvemos esperar e o vendedor entra atrás de um compensado de madeira para forjar o produto. Na espera, ando pelo cubículo (vou até o banner, depois sento numa cadeira, depois me agacho para ver um carimbo no mostruário) e, a cada gesto, o sensor de movimentos se exalta e dobram os sinos. É como viver no porão de uma catedral. O homem vem com o carimbo pronto em menos de cinco minutos. Testamos. Funciona perfeitamente. Ele suspira, consciente do bom trabalho: "Já me falaram que eu só consegui ter uma loja de carimbo por tantos anos porque o Brasil é muito burocrático, mas agora isso está acabando. Inventaram a assinatura eletrônica e o certificado digital". Tal desabafo, mais do que constranger, traz em mim a perplexidade que às vezes sinto ao ler sobre quasares. Os sinos voltam a dobrar quando me despeço, tudo tão solene e ridículo. Seguimos caminhando sob o sol poeirento. Ao virar a esquina, reparo num prédio caindo aos pedaços. Olho a tabuleta. Estou diante do Sindicato dos Marceneiros. Há manhãs de sábado que são uma queda no insondável da existência humana.

10 de Março de 2015

O romance epistolar está morto em tempos de mensagens instantâneas, mas nem por isso as pessoas deixam de amar e de escrever sobre o amor. Hoje, no ônibus, o rapaz do banco da frente, smartphone erguido de modo que eu podia ver tudo o que ele digitava, perdia-se em suspiros e ais para a sua amada. Prometia o imenso amanhã ao escrever coisas como "permanecerei em sua vida até o final". Imprecava contra os inimigos do amor proibido, chamando-os *agentes do destino*. E cravou, ignorando o que a tragédia grega nos ensinou: "Chegamos àquelas alturas em que os agentes do destino nada mais podem fazer contra o nosso amor". Um solene colóquio, sem o uso de emojis. Então ele baixou o celular e não pude mais ver o que digitava. Distraí-me com o meu livro, o peruano Llosa, Tia Júlia, Pedro Camacho como um proto-Almodóvar. Quando novamente ergui os olhos, ele, smartphone erguido, jogava um jogo em que um gatinho se movia de maneira frenética para apanhar tesouros que, à distância, não pude identificar. Veio o fatídico *game over* e ele voltou ao whatsapp, aos ais, aos suspiros. Prometeu, para depois de uma dessas brevidades que duram uma existência, beijos e muito mais, terminando com lúbricas reticências.

13 de Março de 2016

Agora o supermercado em frente de casa conseguiu uma gravação de uma voz feminina absolutamente impessoal que, num *loop* contínuo, fica repetindo as promoções como quem anuncia partidas e chegadas num aeroporto qualquer. A voz é tão profissional - sem traço de sotaques, sem tremores, sem inflexões que insinuem quaisquer sentimentos humanos - que cheguei a considerar que era uma gravação disponível para todos os supermercados da rede. Talvez seja. Hoje lá estava funcionando de novo, implacável, precisa, e ao fundo a rádio sintonizada numa emissora que tocava sertanejo universitário. Prelúdios de uma tristeza infinita. E então a voz começa a anunciar o preço dos cortes de carne. Ao falar dos contrafilés, ela pontua o seu frescor com as seguintes palavras: "Carne de boa qualidade. Não foi embalada à vácuo. Carne fresca de um boi abatido na quinta-feira". Se ao menos fosse na sexta, teríamos ressonâncias bíblicas, um simbolismo, mas era apenas um dos inumeráveis e anônimos cordeiros mortos numa quinta-feira.

18 de Março de 2017

Se Abril é o pior dos meses, a avenida Caramuru bem pode ser a pior das avenidas, ao menos em Ribeirão Preto. Talvez a principal ligação entre a cidade antiga (Centro, Vila Tibério, Campos Elíseos, Vila Virgínia) e o imponente e invocado sul. Sinuosa, serpenteia espremida pelo Alto da Boa Vista e, do outro lado, por um córrego sujo, terrenos baldios e prédios abandonados. Fica nas proximidades de uma espécie de Cracolândia e, não raro, os seus seres desvalidos postam-se nos semáforos da avenida fazendo malabarismos com madeiras ou bolas flamejantes. Surgem com os olhos vidrados pelo vício, trêmulos, e os malabarismos sempre terminam em quedas; ou, quando vão bem, empolgam-se de tal maneira com a façanha que perdem o tempo do semáforo e, quando menos esperam, o vermelho passou para o verde, os carros já estão acelerando e eles ainda não tiveram tempo de pedir as moedas, cena que é recebida com uma elegância resignada e com mesuras aos carros, gestos amplos, teatrais, como Ofélia em Hamlet: "Good night, ladies, good night, sweet ladies, good night, good night". E então os carros seguem por entre edifícios de uma classe média Caco Antibes. Prédios com nomes franceses ou italianos, de pastilhas azuis nas sacadas, tornando-se mais imponentes à medida que se aproximam da João Fiúsa. Assisto a tudo com uma ternura raivosa, impaciente, uma compaixão embotada a ponto de não se reconhecer no espelho, os olhos feridos pela poluição, cintilantes como cacos de vidros no alto dos muros. Hoje, enquanto eu observava uma dessas cenas, a rádio Diário cismou de tocar "The Winner Takes It All", e a pantomina do sábado se integrou à música. Os prédios, um sujeito sem camisa, muito magro, fazendo acrobacias no semáforo, deixando cair as madeiras que utilizava, perdendo o tempo do sinal, observando as moedas que pretendia saindo do campo das possibilidades, ainda assim acenando (*good night, ladies, good night, sweet ladies, good night, good night*) e os carros seguindo adiante, alguns até o final da avenida Caramuru, onde, na enferrujada lataria de uma kombi que vende laranjas, jaz um adesivo em que se lê *todo o amor do mundo*.

28 de Março de 2015

O Campos Elíseos é um bairro a desbravar, principalmente aquela região comercial no entorno da avenida Saudade e da rua São Paulo. Hoje, por exemplo, descobri uma loja de R$ 1,99: um galpão com duas entradas, uma na avenida Saudade e outra na rua São Paulo. Vende-se de tudo lá: de fernet em garrafas de plástico a porta-retratos, passando por toda a sorte de rodos, vassouras, copos, flores de plástico, colheres de pau etc. O objetivo era justamente comprar terra e vasos para o replantio do antúrio, do lírio e da roseira que, no fundo do quintal, cresceram para além de seus módicos vasos. Ao todo, comprei vinte e quatro quilos de terra e, ao passar pelo caixa, bem que ele me olhou de um jeito estranho, como se suspeitasse que eu estivesse comprando toda aquela terra para ocultar um cadáver. Pensa-se antes nos assassinatos e depois nas flores. Também aproveitei para comprar, de brinquedo para as cachorras, um cachorro-quente de plástico que apita. De todo modo, esse imenso galpão é um lugar bastante agradável; um estabelecimento comercial com um nome que resume toda a sua megalomania: "Mundo Real". Virando a esquina, reparei que havia uma pequena vendinha chamada "Supermercado Baggio" e foi então que percebi porque o Campos Elíseos é um bairro a se explorar: traz uma profunda compreensão do homem, de sua insignificância, de suas magras vitórias e doídas derrotas, algo incompatível com os bairros modernos, pensados como cenários que aceitem, sem ironia, palavras como proatividade, coach, neurolinguística. E, agora escrevendo, arrependo-me de não ter comprado algo no Supermercado Baggio, ainda que fosse uma bolacha de maizena. Afinal, somos todos nós jogadores da segunda

divisão, constantemente fora de forma, desperdiçando pênaltis que significariam a glória, e vencendo também - mas contra os pequenos em campos enlameados. Eis o lugar do "Mundo Real" e do "Supermercado Baggio".

abril

01 de Abril de 2015

Rodoviária de Ribeirão Preto. Espero o ônibus ao lado de uma garota que fica o tempo todo fazendo contas que envolvem raiz quadrada. Do outro lado, um sujeito com um sotaque carioca está ao telefone, e diz coisas como: "na moral, agora só vou trabalhar com pães" e "ninguém precisa saber que eu trabalho todo dia". Adiante, na faixa de sol reservada aos fumantes, uma velhinha de uns noventa anos traga sem pressa um Minister.

04 de Abril de 2015

Quando criança, a antena da televisão ficava no telhado de casa e era muito difícil conseguir uma boa imagem. Os problemas eram diversos. Os mais comuns eram a tela pular (assim falávamos - "está pulando" - enquanto víamos uma faixa preta atravessar a tela no sentido horizontal) e os fantasmas, espécie de sombras (auras) que se formavam ao redor das imagens. A imagem de homem trazia uma sombra que o duplicava, e o mesmo com árvores, animais, tudo o que aparecia na tela. Passaram-se os anos, veio o mundo digital, mas eu continuo a cismar que o problema dos fantasmas persiste; agora recaindo sobre dias, lugares, pessoas. Não raro, uma sombra (aura) parece se sobrepor ao que estou vendo, duplicando o seu significado. Hoje, por exemplo, enquanto caminhava de casa ao Supermercado Gricky. Sábado, eu sabia, a folhinha confirmava, mas o que o espírito via era outra coisa; como se uma essência de domingo - o seu tédio, os seus silêncios, os seus ruídos amortecidos, a sua modorra - já caísse sobre a cidade com uma antecedência de vinte e quatro horas. A Vila Tibério é, definitivamente, um tratado sobre o tédio, a velhice, a banalidade, e às vezes isso se exaspera de tal forma que uma rua comum da vizinhança - com montes de entulhos, cachorros sarnentos rasgando sacos de lixo, um velho sentado entre ervas daninhas - é envolta por uma sensação de estranheza que parece um lugar que você visita pela primeira vez. Deve haver muitas vilas tibério fora da Vila Tibério: no México, Portugal, Alemanha, Dinamarca, e às vezes me vem uma vontade de conhecer esses lugares aniquilados pelo tempo e pela inércia e é então que descubro a minha alma de turista do tédio.

09 de Abril de 2016

Muitas vezes o que me fica de uma leitura ou de um filme é um detalhe absolutamente incidental. Lembro-me de um gibi em que Clark Kent, de férias em Pequenópolis, ajudava como lenhador numa fazenda quando Lana Lang trouxe a ele uma torta de ruibarbo. Ele comentou que adorava ruibarbo e eu nem fazia ideia do que era. Fui perguntar ao meu pai e ele riu. Acho que ele também não sabia. Tenho vários outros exemplos assim: um personagem de Machado de Assis comendo um pão com almôndegas, um poema de Manuel Bandeira em que surge a palavra amoráveis, uma aventura do Homem-Aranha em que ele compra um chapéu para a Tia May, uma novela de Raymond Chandler em que ele descreve o vento do deserto, tão igual às ventanias da Vila Tibério. Então chego ao Radiohead, "No Surprises", e a um par de versos que sempre me encantou como um exemplo da catarse da banalidade. *Bring down the government/ They don't speak for us.* Realmente não sei se quero que o governo venha abaixo e sempre tive dificuldades em acreditar em homens que falam por outros homens. Prefiro a vida mínima, quieta, respirável, muito embora todos os dias tenho a sensação de acordar para um universo que vem (mas não vem) abaixo, aquela sensação de falta de ar enquanto se respira, aquele sentimento de crispar os dentes porque se tem um nevoeiro diante dos olhos. E então hoje eu fui ouvir novamente a música, uma das minhas favoritas, inconsolável, irredimível - ou melhor, lembrava-me dela como inconsolável e irredimível, mas na parte em que ele canta "such a pretty house and such a pretty garden" percebi que, pelo menos para mim, evoca um desespero que pode ser apaziguado pela vida doméstica. Sempre gostei das plantas no jardim de casa e gosto do cheiro que a terra emana ao ser regada.

15 de Abril de 2017

Nelson Rodrigues, salvo engano, cunhou a expressão "padre de passeata", enquanto eu, sem qualquer brilhantismo, observo a presença de cachorros na Semana Santa e cunho a seguinte expressão: *cachorros de procissão*. De costelas salientes, o pelo roído pela sarna, as mamas caídas, em carne viva, sem sinal da ninhada extraviada, às vezes arrastam uma pata devido a um atropelamento ou um pontapé. Sonharão, talvez, com preás, como as baleias gracilianas, ou talvez sejam como o jumento do poeminha de Prévert e sonhem que saem de um armário para ajudar o pequeno Nicolau a resolver lições de álgebra, ou talvez nem sequer sonhem. Cachorros flagelos em meio aos soldados romanos de mentira, às crucificações reencenadas. Cachorros esquecidos da Semana Santa e que nunca serão livres como as quaresmeiras. Flores não nascem por entre as suas costelas, não agora, enquanto seguem a procissão, largamente ignorados pelos homens pios, cujas sombras fazem com que encolham os rabos e fujam em disparada. Cachorros farrapos imemoriais. Seguem a procissão e depois, bombas estourando para significar as graças do renascimento, fogem, arrebatados pelo terror, como se o céu se abrisse e um segundo flagelo se iniciasse apenas para purgar as culpas justamente deles, os cachorros de procissão.

SAPATARIA
SAPATARIA

19 de Abril de 2014

Após ter saído de casa com o início do sol, e ter dirigido rumo ao leste por quase três horas, a primeira parada é um posto de gasolina na entrada de Itaú de Minas. Um lugar que tenho evitado desde a ocasião em que vi dois cachorros se engalfinharem - quase mortalmente - na disputa por um pedaço de pastel que acabara de cair ao chão, mas ontem as necessidades biológicas impuseram a sua vontade. O posto, concorrida parada de caminhões, tem um restaurante oculto por bambuzais. Como de praxe, os cachorros quase selvagens andam em todas as direções, sujos, machucados, os pelos uma maçaroca de sangue coagulado, sarna e óleo queimado. Chego ao restaurante subindo um lance de escadas e, logo na entrada, deparo-me com diversos CDs expostos perto do balcão. A variedade é diversa: há gravações de missas cantadas, grandes sucessos de obscuras duplas sertanejas, coletânea com o melhor das novelas e das músicas de amor, um improvável e empoeirado exemplar de "Sticky Fingers" dos Stones por módicos vinte reais. Ainda é cedo e o restaurante ainda não começou a servir o almoço, mas há salgados remanescentes da madrugada. As coxinhas são belíssimas, uma perfeição geométrica, extremamente finas numa das extremidades e vão se alargando até terminarem redondas e imaculadas como as maçãs do éden. Há também espetinhos de frangos, quibes, salsichas empanadas. Diante da estufa de salgados, mesas extremamente altas para uma refeição rápida em que as cadeiras são dispensadas. Ao redor, salames gigantescos vendidos a quinze reais cada peça, pechincha que contrasta brutalmente com os preços dos doces de leite, caríssimos. O café é servido no copo americano. Os sanitários ficam do lado de fora do restaurante e, no percurso, passo por uma área ao ar livre com algumas mesas de plástico. Um grupo de cinco ou seis rapazes bebe cerveja e canta modas sertanejas. Ao entrar no banheiro, surpreendo dois outros rapazes debruçados sobre a pia, aspirando carreiras de cocaína. Quando me vêem, ficam constrangidos e, às pressas, fingem que estão lavando as mãos e os rostos. Dou de ombros. Quando saio da cabine, o banheiro está vazio. Ao lavar as mãos, observo que os rapazes abandonaram o banheiro de tal modo aturdidos que um deles esqueceu a carteira sobre o granito da pia. Deixo lá. No caminho de volta, ao passar ao lado da mesa, eles ainda bebem e cantam: eufóricos, tristes, assustados. Lembro-me das centenas de réus presos que já vi no trabalho, as suas histórias, as suas errâncias, as coincidências terríveis, os azares inacreditáveis, a irredimível deriva da existência. Relato os fatos a Ana. Ela fica preocupada que os rapazes sejam caminhoneiros. Acalmo-a dizendo que são apenas uns sujeitos no fim de uma noitada. Deixamos o posto, uma leve mudança no caminho coloca o sol no retrovisor, intocado e doloroso crepúsculo da madrugada.

21 de Abril de 2017

Desde antes de ler o poema de Eugênio de Andrade às tangerinas, belíssimo, tenho vontade de escrever um poema sobre o tema. Até arrisquei, há alguns anos, mas o resultado não foi o esperado. Das tangerinas, o que mais gosto é o descompasso delas em relação ao clima. De um alaranjado intenso, gomos plenos de sumo, transitando entre uma sombra de acidez e a doçura - é um fruto que combina mais com o verão, com as tardes incandescentes. No entanto, é a partir do outono que encontro tangerinas no supermercado com mais frequência. Como se fossem um coração ardente transplantado para os dias frios, para os anoiteceres prematuros, para as noites de ventanias que dialogam com o desamparo dos ossos. E por que agora falo das tangerinas? Talvez porque, no gramado aqui de casa, eu tenha plantado uma pequena árvore e ela me causa a mesma sensação. Uma chuva de prata. Ramos de um verde que parece recoberto de um frio véu esbranquiçado, flores que não são mais do que pétalas de um roxo adormecido. Parecem, ao contrário das tangerinas, combinar com um clima mais frio. Parecem saídas de um poema japonês que nunca li. Flores ao pé do monte nevado sob o sol vermelho, entre borboletas brancas que adejam no centro de um olhar estático. Todavia, a chuva de prata aqui do jardim se dá melhor em solos empobrecidos, e prefere o estio. Alguns dias sem chuva, na aridez quente e plena, bastam para que os seus ramos pesem de flores.

25 de Abril de 2017

Pela primeira vez vou ao Teatro Pedro II para a apresentação da Orquestra Filarmônica de Ribeirão Preto, evento gratuito que costuma acontecer na última terça-feira de cada mês. Imaginei que seria um espetáculo pouco concorrido, de poucas almas, mas logo ao chegar observo que o impulso da transcendência ainda anima os mais variados indivíduos: casais de namorados, uma juventude que flerta com a ideia de uma intelectualidade e não sabe onde encontrá-la, senhores e senhoras de idade mais respeitosa, grupos de amigos. É terrível perceber que a cidade ainda existe, ou seja, que ainda não se reduziu a uma engrenagem sonâmbula. Tantas vezes Ribeirão Preto me pareceu a cidade devastada que Camus nos apresenta em "A Peste". Em determinado momento, ele diz: "Orão, confessemos, é feia", e logo na sequência estabelece que as três atividades essenciais de cada cidade - amar, trabalhar, morrer - em Orão são desempenhadas com o mesmo frenesi, como um espasmo que se prolonga. Uma cidade inteiramente moderna, Camus diz. E tantas vezes eu concordei com ele e pensei: é Ribeirão Preto. Aliás, ainda é, concordo, e também me permito uma segunda confissão, esta dita num tom de voz clandestino, quase como quem pronuncia, envergonhado, uma suspeita, o que agora faço ao estilo do argelino: *Orão, confessemos, também é bela* e justamente por isso é terrível e justamente por tal razão a peste é uma catástrofe. Homens morrerão na vertigem da epidemia, aos montes, como se nunca tivessem existido, e com eles morre um impulso tantas vezes traído, ignorado, mas ainda assim um instinto de transcendência: ser mais do que poeira desfeita pelo torvelinho dos dias. E muitos dos que aqui vivem percebem isso, talvez de maneira inefável, com o espírito aturdido, querendo dizer *morre o outro, e o outro também sou eu.* Ser otimista soa como um atestado de ingenuidade, mas permito-me, por ora, ser ludibriado e termino a noite esperançoso, pensando naquele sujeito que, atrás de mim, perante um solo de violino, disse para a sua companhia: "quando minha mãe morrer, vou contratar alguém pra seguir o enterro tocando violino".

maio

02 de Maio de 2016

O mundo de quem é grande demais para quebrar, além de me enojar, enche-me de tédio. Simpatizo mais com aqueles que são obrigados, todos os dias, a pequenas rendições. O mundo do baixo comércio, das tabacarias tristes, dos Esteves sem nenhuma esperança. E hoje, enquanto me aproximava do mercadão, comecei a pensar, com genuína expectativa, na bela música que o boliviano vendedor de CDs e DVDs piratas estaria tocando para os transeuntes. Que tristeza! Não era nada visceral, nada que falasse do amor, nada que dialogasse com os sentimentos mais frementes, nada que fosse um sucesso de ontem, e que pode ser lancinante, cavando incandescentes abismos no coração humano. Hoje, meus amigos, o boliviano tocava uma dessas musiquinhas de agradecimento ao bom deus, ao bom dia. Música para almas convictas de que foram escolhidas. Música, enfim, para espíritos crentes. Soou como se o boliviano tivesse se rendido ao fervoroso espírito dos dias, dobrando-se. Foi então que comecei a pensar em outros casos parecidos com que já me deparei e que são, para mim, o único *top of mind* que respeito. Uma certa casa de lanches vegetarianos que, certo dia, anunciou que também servia sanduíches de carne e queijo, e também um outro restaurante diante do qual passo todos os dias. Começou com todas as pompas, anunciado por uma placa de grande inauguração nos dias antes de abrir as portas. E foi decaindo. Quarta passada, noite plena, voltava para casa e o vi com as mesas tomadas por pobres diabos devorando PFs e porções humildes de mortadela no palitinho. Eram os extraviados hóspedes do "Grande Hotel" (o menor grande hotel que existe) forrando o estômago e lavando a alma antes do próximo dia de invisibilidade.

03 de Maio de 2015

Um domingo de corpos mutilados e ausentes: seguindo pela rua Conselheiro Dantas, nas imediações do Lar Santana, um par de pés destaca-se na noite: surgem suspensos, aparentemente autônomos do resto do corpo, oscilantes, brancos. Alguns metros adiante e o mistério se revela. Um velho na escuridão de sua varanda, adormecido na cadeira de vime, os pés esticados e apoiados no intervalo entre as grades do portão. O contraste de sombras também contribuía para o insólito da imagem: o corpo do velho estava no escuro e recebia, quando muito, uma difusa claridade oblíqua que chegava da rua, ao passo que os pés, saindo para a calçada e recebendo de maneira direta a luz do poste, justificavam palavras tais como ebúrneo. Mais adiante, agora subindo a Américo Brasiliense em meu lúgubre passeio domingueiro, no quarteirão imediatamente acima do mercado municipal, verifico que não há miseráveis dormindo sob as marquises. Talvez tenham sido afugentados, mas algo ficou. Em pelo menos dois pontos do quarteirão, na junção entre a calçada e a parede de uma construção abandonada, havia uma enegrecida mancha de fuligem, como se algo tivesse queimado ali a uma temperatura purificadora. Lembrei-me das bombas atômicas. Do calor da explosão grifando as sombras dos cadáveres na pedra calcinada.

11 de Maio de 2017

Ainda é uma circunstância que deve ser melhor averiguada, mas me parece que na rodovia Anhanguera, durante os quilômetros em que ela margeia a cidade, sobretudo nas alturas do Jardim Aeroporto e avenida Brasil, ocorre a seguinte situação: sujeitos postam-se no acostamento, pacientes, à espera de uma oportunidade de trabalho para um dia só. Alguns carregam um papelão em que se lê a palavra "chapa". Exercem as funções de ajudantes gerais para camioneiros vindos de longe e em trânsito pela cidade – corpos magros postados diante da ferocidade da estrada, e que reúnem a disponibilidade de um bom samaritano e o desalento de trabalhadores subitamente inúteis, que não encontram inserção no mercado. Lembram-me um pouco certa situação que já vi em filmes de Hollywood: um bando de latinos parados em algum entreposto, vem um sujeito numa pick up, grita *preciso de um ajudante de ferreiro*, e então os homens iniciam uma corrida melancólica e desesperada para conseguir um lugar na camionete e não perder o dia. E hoje, justamente enquanto observava um desses sujeitos, a aridez matinal exasperou-se: a paisagem atrás do operário era um terreno imenso, com uma vegetação indômita, marcada por tufos de mato e cascalhos, e sobre esse terreno repousavam tratores e carrocerias de caminhões. Ao mesmo tempo, porque estávamos perto do aeroporto, um avião vinha em manobras de pouso, voando cada vez mais baixo sobre as casas, pesado, terrível, ruinoso como uma baleia tendo um pesadelo no qual se afoga, e então, na faixa de gramado entre a rodovia e a vicinal à minha direita, surgiu um sujeito numa carroça em desabalada carreira, correndo no contra-fluxo, numa velocidade digna de uma corrida de bigas, exortando os seus tristes pangarés contra a mesquinhez do dia.

13 de Maio de 2017

Pequenas singelezas domésticas, ínfimas demais para que anseiem algo mais: 1-) o olor dos cravos da índia no açucareiro, para evitar o ataque de formigas, e o modo como uma sombra do gosto deles se impregna ao sabor do café matinal; 2-) a roseira magra do fundo do quintal, constantemente atacada por fungos, com os seus ramos sendo constantemente podados para evitar que a praga se prolifere, de modo que muitas vezes a roseira é apenas ramos pelados, esgalhados, áridos, com improváveis botões nos extremos; 3-) a leveza de um sachê de chá quando imerso na água fervente, como ele boia na superfície, imitando uma vitória-régia, até que aos poucos vai submergindo; 4-) um lençol que hoje vi estendido no chão, diante de um supermercado na Vila Tibério, com vasos de orquídeas sobre o tecido, organizados em fileiras, para o dia das mães, até que percebi que as orquídeas, na realidade, eram de plástico.

20 de Maio de 2017

Tenho a ideia de que o insondável do homem é visto, com maior nitidez, em filas de quinze volumes de supermercados. Quanto mais itens, mais fácil encontrar uma coerência. Há produtos de todas as matizes: enlatados, frutas, verduras, bebidas, produtos de higiene, ração para cachorro. Por outro lado, o sujeito cujas compras se resumem a um pote de palmitos, uma garrafa de conhaque, um pacote de bolachas negresco e moelas de frango é um ser de puro mistério e absoluta opacidade. Tal ideia, aliás, já expus em outras anotações que se perderam, e que ora retomo como introdução para a seguinte constatação: outro local em que o insondável se revela são pequenas gráficas, digo, lugares em que as pessoas imprimem coisas e tiram cópias. Hoje estive numa delas, na Avenida do Café, de nome que contraria a natureza arcaica que vai revestindo a atividade: *Gráfica Nova Era*. Estava lá para imprimir e encadernar um volume de poemas meus, o que faço regularmente, e o que já me coloca em situação de estranheza: o sujeito que, no sábado de manhã, imprime poemas. É inevitável que certo pudor aflore. Passar o pen drive ao atendente, indicar o arquivo chamado "poemas", vê-lo abrir o arquivo e assim encontrar - expostos e públicos - os meus versos. Tudo isso me encabula como se uma espécie de nudez estivesse sendo revelada. Sempre me pergunto se o atendente fará algum juízo, mas depois acalmo: balconistas de lojas de xerox são discretos como um Padre, talvez eficientes como um barman, – enfim, seres habituados a colher confissões plenas de estranheza e humanidade. Afinal, enquanto esperava pus-me a observar os pedidos dos clientes que chegavam: um sujeito de ascendência oriental que trouxe folhas, já xerocadas, escritas em

caracteres chineses, e que pediu 26 cópias de cada uma das folhas (não 25, tampouco 30 - precisamente 26), uma senhora que chegou para imprimir um pequeno tratado sobre o diabetes, a garota cuja singeleza do pedido era a impressão de um mero boleto da Natura, o rapaz que mandou imprimir, em papel mais caro, fotos em que ele aparece com uma garota (duas fotos, duas cópias de cada), o senhor meio neurastênico que irrompeu com uma carteira de trabalho, um livro de macroeconomia, anotações rabiscadas e, sussurrante, expôs um pedido dos mais complexos, todos se unindo a mim: homens do sábado de manhã, com os seus desejos particulares, fazendo o que não conseguem fazer durante a semana útil, caprichos a que finalmente cedem, obrigações que enfim deixam de procrastinar, preparativos para a semana que virá. Todos nós ilhas de uma individualidade que se compreende de maneira vaga e profunda.

26 de Maio de 2017

As noites mais sujas são as de Maio: um vento gélido, impregnado de estio, uma claridade que é uma névoa de poluição diluída. Olho para a relva e percebo que a grama seca, transformada em palha, vai se acumulando. Nas unidades de emergência as salas de espera ficam apinhadas de gente: problemas para respirar, o nariz congestionado, às vezes em carne viva, a garganta como um túnel de profunda aridez, e a pele machucada, vergastada, dolorida como no início de uma febre que não se consuma. Do alto dos postes, cai a luminosidade: amarela, difusa, bastarda de um luar sanguíneo. Vive-se brutalmente, como se todos habitassem uma trégua prestes a ir por água abaixo, um armistício marcado por uma hostilidade crescente, uma insurreição do espírito contra a sua intrínseca pequenez e, ao mesmo tempo, uma defesa brutal do próprio egoísmo. Caber dentro de si próprio é um sentimento penoso. Os dias se desintegram no coração de uma acelerada vertigem. As ruas cheias de carros. Os carros que rosnam. A viatura de polícia diante de uma unidade do Burger King, enquadrando dois meninos que tentam vender panos de prato. Dentro da lanchonete, mastiga-se em silêncio. Famílias inteiras com coroas de cartolina nas cabeças.

30 de Maio de 2015

Há derrotas que parecem ter sempre existido, capazes de retroagir no tempo até o início dos dias. Falo isso porque, quase todos os dias, ao descer a rua Jorge Lobato, vejo um muro pichado da seguinte forma: *7 x 1*. Apenas isso. E, quanto mais a vejo, mais antiga a pichação me surge, e eu fico com a sensação de que o placar já estava escrito no muro desde 2009, depois desde 2005, depois desde 1993, depois desde 1979, e que eu sempre vi o placar da derrota ao passar por aquela esquina. É o modo Vila Tibério de construir eternidade.

junho

04 de Junho de 2017

Semana passada fui ao supermercado Extra já no fim da noite, bem no momento em que prateleiras inteiras vinham sendo esvaziadas e transferidas para outro setor do supermercado. Mais do que uma sensação de transitoriedade, era como se eu estivesse vendo uma edificação do amanhã. Mas foi só um momento, diferente de lugares que permanecem o tempo todo nas franjas do real. Falo agora das lojas Havan, a começar pelo estacionamento submerso, enorme. As vagas ocupadas, quando muito, equivalem a dois terços das vagas livres. Grandes focos de vazio, uma luz de través comum às grandes catedrais abandonadas, mas que, em vez de incidir sobre dolorosas pietás, iluminam parcialmente carrinhos de supermercados deixados ao léu. Sobe-se por uma escada rolante inundada de luz porque uma das paredes é totalmente de vidro, e aí circula-se entre taças de vinho cintilantes, miríades de tapetes persas, cujas estampas vistas em sucessão criam a ideia de um raivoso e suburbano delírio, e ainda há peças de roupas, eletrodomésticos, utilidades domésticas, tudo muito iluminado, confluência entre a C&A e lojas de R$1,99. Atrás dos caixas há um sino fixado na parede como símbolo de algo impossivelmente generoso e hipócrita (meritocracia é a palavra de um milhão de dólares). É Ribeirão Preto em sua essência. Reconheço a cidade, clara e bizarramente, como sempre me reconheço (gordo, alongado, disforme) em jogos de espelho em parques de diversões.

08 de Junho de 2014

Meio-dia de domingo, perambulava pelas ruas do Monte Alegre com vasilhames de Guaraná de um litro, pensando que as ventarolas nas esquinas (formando redemoinhos de poeira) e a aridez da luz (que me sujava os olhos e me descia pela garganta) eram uma réplica de qualquer meio-dia de Agosto ou Setembro do ano de 2004, quando, durante o estio, saía para buscar marmita. Adiante, passando em frente a um prédio, vi um grupo de pessoas olhando para o alto: um velho, uma adolescente apreensiva, uma criança chorosa. Pesquei qualquer alusão a pássaros mortos, o que me pareceu por demais estranho. O fato é que olhavam para o alto com um ar de quem avista uma catástrofe. Olhei também, mas tudo o que vi foi o sol.

10 de Junho de 2017

Um dia bom é um dia em que você lava a louça. Um dia seguro. Em que as tarefas diárias não assumem um peso maior do que realmente têm. Dias com a firmeza de uma planície. Tempo para observar a fumaça que se emana do café coado esvaindo-se na claridade matinal. Até mesmo tempo para sentir a aspereza das cinco horas na pele, magoando-a, arranhando-a com o seu hálito de poeira e poluição, com o seu rumor de engrenagens contra a carne. E, à noite, não deixar de colocar o lixo para fora. Ler o poema que estava programado para ser lido. Beber lentamente o uísque e perceber a sua calidez espraiando-se no peito. Observar o jornal não sem desespero, mas com o desespero habitual. Não temer as tragédias com intensidade maior do que nos ensinou o hábito de se conviver com elas. São os dias que precisam se repetir, pelo menos para mim. Até que chega um dia cujo maior prêmio e liberdade é não precisar lavar a louça.

16 de Junho de 2015

Hoje andei um pouco mais por Brodowski, primeiro me desviando do caminho da rodoviária para comer um salgado no "Pastel D'Ouro, Coxinha Dourada". Primeira vez no lugar, comi a coxinha. Sem catupiry. Nota sete. Lembrou-me a da Vila Tibério, um pouco maior e com cheiro verde, mas um real mais cara. Depois tomei outro desvio para ir ver a igreja. Fica no centro de uma praça, com a cruz de ferro voltada para um poente absoluto. Até julguei que tivesse gárgulas, mas eram anjos sujos, enegrecidos quando recortados contra o sol, principalmente sujos, como bem convêm aos nossos dias de plúmbea majestade. O mais belo e imponente deles de súbito abriu asas negras, criou vida e voou. Era, depois percebi, um esplêndido abutre que, ascendendo, somou-se ao sol ou ao anoitecer - quem poderá dizer?

17 de Junho de 2017

Acordo cedo. A manhã, ao contrário das outras da semana, não pousou uma camada de sereno sobre a relva e as flores. Abro as portas do fundo para os cachorros, olho de soslaio as roseiras, o alecrim, a lágrima de cristo. A realidade parece intacta. E então brinco com os seus limites. Primeiro, tento fazer ovo pochet de café da manhã. Sigo, meticulosamente, o passo a passo de um chef de youtube. Fervo a água. Tempero com sal, alguns lances de vinagre. Quebro a casca e transfiro a gema e a clara para uma concha funda. Pego uma colher de pau e começo a mexer a água fervente, rápido, até formar um torvelinho, e então, com a máxima precisão que consigo, despejo o ovo bem no vórtice. A gema e a clara submergem, encapsuladas. Desligo o fogo e cubro a panela com uma tampa. Dizem que é preciso esperar sete minutos. Então preparo o café nesse ínterim. Depois, passados os sete minutos, tiro a tampa da panela. O ovo não se desmanchou. A gema continua envolvida pela clara, por sua membrana de uma transparência aquosa. Não há mais redemoinho. As extremidades da clara formam franjas leves e mínimas que oscilam como um astronauta preso à órbita de Saturno. Agora preciso tomar cuidado para não quebrar o ovo ao transferir para o prato. Faço o uso de uma escumadeira. O ovo chega ao prato intacto. *Mr. Jackpots*, penso, com a vaidade dos homens tolos. Sirvo-me de café fervente. Preto como a meia-noite. Dou o primeiro gole. Parece-me bom. O amargor correto. E então firo a membrana da clara. Um corte rápido com a faca e a gema escorre. Por um momento lembro-me do olho mutilado do cão andaluz. A gema, quase que totalmente liberta, é um líquido espesso. Avança lenta sobre o prato. Amarelo absoluto.

Outro gole no café preto. Do outro lado da rodovia, a pedreira está funcionando. Um rumor de máquinas escavando o solo reverbera, duro e surdo, como se deus quebrasse, incessantemente, balas soft apenas com a força das mandíbulas. Nunca há nuvens nas manhãs de inverno. O azul do céu. O branco do prato. O amarelo da gema. O café preto. Um mundo de cores incólumes. Haverá o vermelho em algum lugar.

20 de Junho de 2013

A noite estava estranha desde que cheguei em casa do trabalho: aquela sensação de algo que se prolonga no ar, criando uma ideia de mundo em suspensão do tempo, dos ruídos, dos ventos. Tenho noites assim desde muito novo, geralmente perto de datas festivas: carnaval, natal, réveillon, jogos de copa do mundo. Quando, andando ao largo de tudo o que é euforia, percebo algo como uma respiração secreta em ruas desertas. E assim foi hoje a maior parte do tempo e assim mantive as atividades triviais: abasteci o carro, paguei uma conta na agência bancária. Ao longe, o fragor de um helicóptero sobrevoando os manifestantes no centro. Na rua Martinico Prado foi possível divisar, olhando na direção do centro, uma fileira de viaturas policiais em sonâmbula espera. Finalmente em casa, fiquei vendo imagens das manifestações Brasil afora, e tudo se revestia de um ar de irrealidade. Algo como estar num desses sonhos em que pontes e prédios caem. Vi algumas avenidas repletas de gente, algumas cenas de selvageria, fogueiras, enfim, o trivial para o dia de hoje até que me cansei e levei as cachorras para dar uma volta aqui por perto. Mais uma vez, silêncio, ruas desertas, uma suspensão do tempo e dos ventos, algo que me agitava os nervos. Volto para casa em busca de um fiapo de normalidade, mas as notícias na tevê martelavam em mim essa permanência de sonho, o que se agita com a notícia de que um rapaz morreu, aqui em Ribeirão, durante as manifestações. Busco algo banal para salvar a noite: resolvo ir comer um lanche no Habib's. Tento evitar ruas movimentadas e me embrenho por caminhos ainda mais silenciosos e vazios. Na lanchonete, luz, gente, muitos com a cara pintada, envoltos na bandeira do Brasil. Na mesa atrás da minha, um grupo narra a manifestação para a garçonete e insinua que ela, por não ter ido, não contribuiu para um futuro melhor. Mais caras pintadas chegam, outras vão embora. O pessoal da mesa de trás começa a falar do atropelamento, na João Fiúsa, que vitimou fatalmente um jovem de dezoito anos. Eis que um deles saca um celular e mostra, para a garçonete atônita, fotos que tirou do atropelado. Ela vira o rosto, impressionada, e vai atender outra mesa. Depois escuto um deles comentando que acabou de receber, pelo Facebook, o perfil do atropelador e logo compartilha com outras pessoas. Há um momento de distração e eles passam a rir durante o resto da refeição. Peço a conta. Voltando pra casa, vejo a aproximação de um carro que cola na traseira e, lançando luz alta no retrovisor, exige passagem, o que cedo. Durante a ultrapassagem, o moço do banco do passageiro grita "Brasil" para mim e vejo, no vidro traseiro do automóvel, um enorme adesivo conclamando as massas às ruas. O carro vira uma esquina e some. Na frente da Câmara Municipal, vejo uma miríade de cartazes colados numa cerca. Um grupo de adolescentes, sentados perto dos cartazes, conversa animadamente, observados por duas viaturas e

uns dez policiais em prontidão. Talvez devido à escassez de ventos, percebo que há uma neblina sobre a cidade, e aí me volto para um dos poemas de Fernando Pessoa, aquele em que ele fala de um Portugal sem lei nem rei e arremata mais ou menos como arremato essa pequena crônica: Brasil, hoje és nevoeiro.

29 de Junho de 2014

Uma hora antes do jogo e as estradas já estão completamente vazias. Prova disso é que, na última praça de pedágio, vivo uma situação um tanto constrangedora: a cobradora está dormindo. O que fazer? Estaciono ao lado da guarita e me sinto culpado por privar o proletariado do seu sono sagrado. Mas é preciso ir adiante. O meu instinto é buzinar enquanto a recomendação de Ana é que eu bata no vidro com o máximo de cordialidade. Discutimos a questão por uns trinta segundos. A cobradora ainda dorme. Nenhum carro atrás da gente. Por fim, a nossa discussão acaba por acordar a cobradora. Ela se apruma, devolve o troco com enorme rapidez e, com os olhos ainda embotados de sono, diz "boa viagem", ao que eu, um tanto confuso, digo "pra você também". O resto da viagem segue por uma estrada inundada pela luz fria das altitudes. Quando começa o jogo, é como qualquer dia no começo do mundo. Tentamos ouvir a narração pelo rádio, mas o narrador é péssimo. Apenas diz o que acontece ("é escanteio para o Brasil", daí ele troca algumas palavras sobre o lance ou qualquer assunto fortuito com o comentarista e retoma: "o Chile toca a bola no meio do campo", o que é seguido por uma nova lacuna preenchida com amenidades).

Quando entramos na cidade, percebemos que talvez tenha saído um gol porque há uma rajada de bombas. Dois rapazotes, no centro de um enlameado campinho, jogam um honesto e honroso "um contra um". A família de Ana realmente vive o clima de copa como se nada mais houvesse, o que também se aplica à euforia dos carnavais e à gravidade das quaresmas. Há um punhado de mato sobre a televisão, amarrado na base por um barbante ao estilo de um buquê, uma espécie de amuleto que todos chamam de picão. Cada ataque do Brasil é incentivado com gritos de "Vai, Picão", e as investidas do time chileno são repudiadas com um "Segura, Picão". Um dos tios da Ana veste um terno de listras verdes e amarelas. Infelizmente os calçados não acompanham o padrão, de modo que ele veste um sapato branco e outro azul. O jogo acaba, a sorte sorriu mais uma vez ao nosso ínfimo general de bigodes. Uma caravana de carros passa buzinando. Alguém diz que vai ter quadrilha na roça. Chega-se a ela por um caminho de terra. Vou dirigindo um carro que não é meu porque, de alguma forma, o acaso de eu vir dirigindo desde Ribeirão Preto me rendeu o rótulo de motorista confiável. É um Uno 96 todo enlameado e barulhento. Já é noite quando ingresso na estrada de terra. Um breu de árvores à esquerda e à direita. Um bicho anda rente ao caminho. Alguém me diz que talvez seja um lobo. Tenho um sobressalto de medo. Ao passar pelo bicho, vejo um esquálido vira-latas. "É só um cachorro", digo. Respondem, com enorme gravidade e um ferido orgulho, que há sim lobos por aquela região. *E raposas também*, alguém do banco de trás acrescenta. Sigo pelo caminho sinuoso, acidentado, com mata-burros que atravesso com enorme habilidade ou triunfal sorte. A massa de trevas do horizonte se ilumina como se trovejasse ou como se eu visse Bagdá sendo bombardeada pelas telas da CNN. "São as bombas da quadrilha". Finalmente chegamos à roça mais recôndita que existe. Parte do caminho é feita a pé, o caminho iluminado por um facho de lanterna. Passamos sobre uma ponte que corre sobre um rio que flui em absoluto silêncio, uma guinada à direita e vejo uma enorme estrutura de madeira pegando fogo. De repente começam a cantar "Parabéns pra você". Comentam: "É dia de São Pedro, né? Nem desejei feliz aniversário para o tio Pedro, coitado". Tentamos correr para chegar enquanto ainda cantam a música de aniversário, mas a verdade é que chegamos aos sons do Hino Nacional. Um grupo de meninas joga bola bem pertinho da fogueira. O Pedro aniversariante é senhor de uma melancolia inconsolável. Com um chapéu de cowboy na cabeça, fica olhando o fogo crepitar. O conjunto é completado por um chinelo havaianas, bermudas e jaqueta. A bola acaba indo para a fogueira. As crianças, estáticas, ficam olhando as chamas. Quando a bola explode devido ao calor, há um estouro surdo e uma revoada de brasas que parecem vagalumes alucinados.

julho

05 de Julho de 2017

Os fundos da repartição abrem-se para um complexo da prefeitura que reúne muitas árvores, um campo de bocha e algumas quadras poliesportivas. Venho observando os rapazes que trabalham para a prefeitura, varrendo as folhas e realizando pequenos serviços de manutenção. Eles costumam chegar pela manhã e ficam até a hora do almoço, quando um ônibus escolar vem recolhê-los. Há um hiato de tempo entre o final do trabalho e a chegada do ônibus. Semana passada, com o clima mais quente, eles disputavam animados jogos de futebol numa das quadras. Eram vários e organizavam-se de maneira democrática: altos, gordos, baixos, alguns sem camisa, descalços, outros correndo atrás da bola com os pés metidos em pesadas botinas. Num desses dias, após o almoço, eu falava ao telefone celular e ao mesmo tempo observava o jogo de futebol disputado com uma vontade rara. E então aconteceu algo, um sinal imperceptível para mim, e eles esvaziaram a quadra com uma velocidade e uma sincronia iguais a quando estoura uma bomba e uma revoada de pardais abandona o coração frondoso de uma árvore. Desde então eles não têm jogado futebol, mas ficam reunidos no meio do campo, alguns deitados, na faixa de sol, como que tentando se esconder do inverno atrás de uma trincheira de pálido calor. Lembra-me algo da grande recessão americana. Algo à la John Steinbeck. Como se eles estivessem nos recônditos do Arkansas e esperassem a sorte de uma locomotiva que passará e os levará para uma dourada cidade de oportunidades.

07 de Julho de 2017

Cenas da vida conjugal: um restaurante por quilo, a tevê ligada no programa esportivo da Bandeirantes. Almoça uma família composta por pai, mãe e uma filha adolescente. A mãe e a filha comem em silêncio, alheias. O pai mastiga com os olhos fixos na Renata Fan. Que ficção escrever a partir disso? Onde está Bergman agora? E Woody Allen?

15 de Julho de 2014

Os meus primeiros passeios pelo Centro datam do início da década de 90, e digo isso apenas para eleger um marco zero: um dia localizado entre 18 e 23 de Dezembro de 1991. A precisão se impõe porque, no dia 17 de Dezembro do referido ano, eu ganhei um Master System de Natal, um videogame que há meses desejava. Sei também que, alguns dias após ter ganhado o presente, e seguramente antes da véspera do Natal, precisei ir a um dentista cujo consultório ficava no Centro, daí porque posso precisar que os fatos doravante narrados com certeza aconteceram entre os dias 18 e 23 de Dezembro de 1991. E o que aconteceu, afinal? Enquanto seguia pela Barão do Amazonas, no encalço do meu pai, começou a chover. Um desses aguaceiros de verão que pega todos de surpresa e obriga os transeuntes a buscar abrigo sob marquises e toldos. Eis o que fizemos e foi então que tive um vago e profundo entendimento da cidade, o que aconteceu enquanto observava o temporal, a enlameada convulsão citadina, os transeuntes que tentavam escapar de se molhar, e eu entre eles. Tomar parte desse frenesi ficou gravado em minha memória com tamanha força que muitas vezes me pego com a sensação de que nada mudou desde então. Sei que é uma mentira e às vezes, para me abismar diante do tempo, faço o seguinte exercício: a distância que existe entre 1991 e 2014 é a mesma que existe entre 1991 e 1968, uma data mais de dez anos anterior ao meu nascimento. E eu sei, porque é dolorosamente óbvio, que o Centro de 1968 é totalmente diferente daquele que conheci em 1991. Então era a cidade que eu vejo em cartões postais exibidos em museus, as mesmas ruas em preto e branco que encontro nas fotografias de meus pais e avós, quando então rio comigo mesmo: "Como eram diferentes as roupas, os hábitos, os carros, os comércios, as pessoas". Por isso também sei - embora não consiga ver com os olhos - que uma mudança tão significativa aconteceu entre 1991 e 2014. Sim, já são outros hábitos, roupas, carros, fachadas de lojas, pessoas. Em algum momento que não sei precisar (porque não houve um momento, mas uma infinidade de momentos mínimos) uma cidade que era a minha passou a ser da geração seguinte. 23 anos são mais do que o tempo que Ulisses permaneceu distante de Ítaca, tempo demais para que tudo continue igual, mas é justamente essa busca por algo que não mudou que ainda me impulsiona ao centro da cidade, e talvez por isso eu goste tanto de frequentar lojas de livros usados: há certos títulos que vejo à venda há anos, best sellers esquecidos de Harold Robbins, "A Pele" de Curzio Malaparte, "Judas, O Obscuro", de Thomas Hardy etc. Hoje trouxe para casa "Os Irmãos Inimigos", de Nikos Kazantzakis, outro livro que vejo em sebos desde sempre. Enquanto pagava, cheguei a pensar em deixar uma edição de meu solitário livro de poemas para ser vendido nas estantes empoeiradas do alfarrábio. Sei que ninguém o comprará. Ele permanecerá exposto por dez, vinte anos até se desfazer, e nesse meio tempo alguém passará no sebo diversas vezes e sempre o verá e ele será como uma dessas esquinas que a gente apenas percebe que existiu quando não está mais lá. É algo que não me parece totalmente indigno.

17 de Julho de 2016

A cidade se esfacela pouco a pouco e não me lembro de outro período em que vivi tamanha desesperança. Hoje, descia a São Sebastião de carro lá pelas cinco e meia da tarde, e eu reparava em como a rua é bonita. Ainda mais com o anoitecer ao fundo. A partir do momento em que ela cruza com a Cerqueira César até a baixada, seguem-se vários quarteirões com prédios altos de ambos os lados da rua. Quando há pouco movimento, como aos domingos, a visão que se tem é a de um túnel que, no extremo horizonte, desemboca num clarão em que aparecem recortados os perfis das palmeiras da avenida Jerônimo Gonçalves e o emaranhado dos fios de eletricidade que saem dos postes. Ainda na São Sebastião, interrompi a contemplação para fazer compras numa farmácia. Ao sair do estabelecimento, fui abordado por uma travesti que primeiro pediu que eu não permitisse que a polícia a agredisse enquanto falava comigo, o que está além de qualquer promessa. Depois, ela disse que não poderia ir ao CETREN, que é o prédio que recebe os desabrigados da cidade, porque seria obrigada a ficar na ala masculina e estaria exposta a todo tipo de violência. Queria se hospedar num hotel da Duque de Caxias. Ajudei a completar a diária com o pouco que tinha e voltei ao carro. Ao passar a rodoviária, diante da praça do pronto-socorro, dois sujeitos se esmurravam na calçada, cercados por todo o tipo de curiosos. Os carros paravam para ver a briga, que ficava cada vez mais violenta. Era a hora do Ângelus. O que havia de fogo no céu se dissolvia num vento fuliginoso e frio.

29 de Julho de 2017

Fui hoje ao meu tradicional passeio de sábado pelo centro da cidade. Algo breve dessa vez. Não mais do que uma ida ao Mercado Central para comprar anchovas, azeitonas, figos cristalizados e queijo. E o Mercado Central, com certa facilidade, leva-me à euforia, àquele sentimento meio frenético de sentir-se parte de algo, de estar no centro nervoso de *algo que acontece*, de ser um cristal exasperado brilhando em meio a uma cacofonia em que cada vida e cada ato é um esplendor estilhaçado de som e luz. O tal o som e a fúria de Shakespeare. Ato contínuo, essa euforia leva-me a um sentimento de puro desconsolo. Eu pensava isso diante da nova peixaria, observando o cuidado com que os peixes, de olhos vítreos, eram organizados no mostruário novo em folha, e depois lá fora, atravessando a rua em meio a uma música piegas tocada pelos ambulantes, desviando de um vendedor de perfumes, observando um homem atrás de um carrinho onde vi alhos cuidadosamente embalados e feijões verdes organizados como se fossem pequenas esmeraldas. Pensei que tudo o que acontece carrega uma imensa glória e melancolia, e foi então que voltei àquela minha teoria sobre o comércio de rua. É um lugar para o qual certos homens saem, todos os dias, para fracassar sob o sol do meio-dia, diante de quem se digne a olhá-los; homens que, por pura necessidade, vestem-se como o rei nu que fingimos não ser. A eles concedo o meu silencioso e longo respeito.

31 de Julho de 2014

Os vizinhos reclamaram dos latidos das cachorras logo após eu terminar de ler "A Invenção de Morel". Falo isso porque, para constatar se os animais realmente latiam, passei a deixar um gravador de áudio ligado todas as vez em que eu e Ana saíamos de casa. Na maioria das vezes, após já ter ligado o gravador, demorávamos alguns segundos a mais para sair e o gravador captava conversas banais que aconteciam: eu remexendo a bagunça em busca da chave do carro, nós discutindo o que comprar no supermercado, Ana dizendo adeus às cachorras e beijando-as. Assim fui armazenando, dia após dia e durante quase um mês, todas essas gravações, que foram jogadas pelo computador diretamente no i-tunes. Não raro, ao ligar o computador, o i-tunes (por um motivo que não sei ao certo) começava a reproduzir uma dessas gravações e muitas vezes as vozes de ontem ecoavam ao mesmo tempo em que a casa seguia com a sua rotina. Houve ocasiões em que a gravação avançou por dez segundos antes de eu perceber que se tratava de um registro da semana passada, e a revelação apenas se deu quando finalmente escutei a minha voz. A verdade é que sempre tive essa predisposição a viver semanas que se repetem a fio. Sou um espírito habituado à repetição, confesso, e aos poucos vou tomando consciência de como essa repetição tende a ser fantasmagórica. Além das gravações, venho experimentando outro exemplo de semana eterna também devido às cachorras. A razão é pouco edificante: preciso sempre ter pilhas de jornais em casa para cobrir o chão nas regiões em que elas costumam urinar. Gastava muito até que numa bela tarde descobri que a banca de jornal que fica na esquina da praça da Catedral vende blocos de jornais antigos por

um real cada, e foi assim que consegui um maço de uns cem exemplares do jornal "A Cidade" impresso em 18 de maio de 2014. Já há dois meses passo os olhos sempre pelas mesmas notícias: a banda de rock Uriah Heep vai se apresentar em Ribeirão e só resta um membro da formação original; uma reportagem fala da favela que existe nos entornos do aeroporto; um caderninho dedicado às atrações da tevê traz na sua capa uma bela moça de cabelo azul; os mesmos carros usados são vendidos novamente. E assim, envolto por essa sensação de repetição e sonambulismo, os últimos quatro meses passaram como se não tivessem existido. Às vezes me comovo com isso, mas desde já pondero que comover talvez não seja o verbo correto. Talvez o sentimento seja uma mistura de espanto, perda e perplexidade. Outra repetição a que voltei é que agora, pela primeira vez dirigindo um carro que tem aparelho de som, desencavei CDs antigos que há muito não ouvia e levei para o porta-luvas. Está lá o volume 2 do "Beatles Anthology", um disco que ouvi incessantemente em 1996, o último ano antes de começar a acontecer o que ainda não se concluiu. O que mais gosto é uma versão alternativa de "Strawberry Fields Forever"; take quase minimalista e de uma beleza doída que a versão oficial nunca teve. Às vezes, é bom pensar que caminho, sempre, pelos mesmos jardins de morango. Ao final da gravação Ringo continua tocando bateria e escuto vozes dos Beatles ao fundo como se ainda todos estivessem vivos e não é muito diferente de uma dessas gravações em que eu e Ana discutimos o cardápio de uma semana que já passou.

agosto

7 de Agosto de 2016

O tédio do domingo é pior com as Olimpíadas, após você passar o dia todo no sofá, vendo tênis de mesa, ginástica, salto ornamental, gringos agitando as suas bandeiras em terra pátria, até que vai se formando aquela quase alegria letárgica do último boi distraído na fila do matadouro. Lá fora, a vida continua, com as suas miudezas, asperezas, conversas sobre umidificadores de ar, com o império da opinião aumentando pouco a pouco - mas inexoravelmente - as fronteiras do seu domínio. Lá fora a vida continua e, às vezes, também dentro da televisão. Acontece assim: você tenta passar de um canal olímpico para outro (trocar, digamos, tênis de mesa por levantamento de peso) e no meio do caminho - sempre no meio do caminho - há um canal passando um jogo de futebol entre Coritiba e Ponte Preta. Então esses homens ainda existem? Aí você relembra, vagamente entorpecido, daquela notícia que leu pela manhã. Atletas olímpicos, durante a sua estadia na gloriosa vila olímpica, farão sexo seis vezes por dia. E assim o dia prossegue: conversas sobre umidificadores de ar, Coritiba e Ponte Preta acontecendo sob um céu mais sujo, os gringos agitando as suas bandeiras, o tédio quase alegria quase desespero do domingo declinando para questões mais imediatas. O que jantar, por exemplo? Ao Carrefour, portanto, como um refugiado das emoções mais altas. Ao mundo lá fora!, onde os homens tentam recarregar celulares sem saber os seus respectivos números e meia dúzia de bananas prata sai por sete reais. À segunda-feira, portanto! A carne meio ensonada, meio conformada, meio chicoteada. E com algumas certezas: o excessivo preço das bananas, a necessidade dos umidificadores de ar em tempos de deserto, atletas fazendo sexo seis vezes por dia em algum lugar por aí, homens incapazes de lembrar o próprio número do telefone celular etc.

9 de Agosto de 2017

Em Agosto, geralmente três ou quatro dias após uma frente fria, sempre chega uma noite em que você diz: é a primeira noite de calor. E, por retorno do calor, quero dizer o retomar das flores nos arbustos, do cheiro de relva, de terra crestada, de um abrasado bulício, da suspeita de que um oceano reverbera na pulsação da noite. Então tudo isso passa a existir como uma possibilidade fremente, cristalina, iminente. Dois jasmins explodiram no canteiro que cerca a administração do condomínio. Imensos, brancos, perfumados. Voltei com eles na cabeça depois da minha caminhada vespertina, o rosto oleoso de suor depois de muito tempo. A casa respirava calmamente na escuridão. Acendi as luzes e fui ao gramado dos fundos, oloroso. No caminho, passei pelas garrafas de bebidas perfiladas na prateleira: o gin, o rum, leves, diáfanas, como se fossem aquários prontos para receber rápidos peixes de luar liquefeito.

11 de Agosto de 2017

Na avenida Caramuru, a singeleza de uma noite de sexta: um sujeito, com uma bola azul celeste, faz embaixadinhas para os motoristas em troca de umas moedas. Surge uma senhora na faixa de pedestres com um saco de pão, apressada porque o sinal vai abrir. Eis que o artista não se faz de rogado e, mesmo sabendo que o movimento o privará de pedir as moedas, aplica sobre a senhora um lindo chapéu. Ao terminar o movimento, pegando a bola do outro lado, faz uma mesura de porta-estandarte para os carros já acelerados.

16 de Agosto de 2014

Para os que não são daqui digo que o Cine Cauim é o antigo Cine Bristol, que nos anos 80 e início dos anos 90 foi o melhor cinema da cidade. Foi lá que vi "Indiana Jones e A Última Cruzada, "De Volta Para o Futuro III" e "Batman: O Retorno". Depois o lugar fechou e voltou a abrir no comecinho dos anos 2000 e vem se mantendo até então. Não sei ao certo como é administrado, mas me parece que há um dedo da prefeitura e talvez de uma ONG ou coisa que o valha. O que mais gosto é que, logo na entrada do cinema, há um grande balcão de mármore e, situação inusitada, é possível comprar chopes e cervejas e tomar numa das mesinhas que ficam no outrora luxuoso hall. Ainda há exibição de filmes, geralmente filmes comerciais em evidência, sempre dublados, os ingressos são muito mais baratos do que no shopping e a pipoca ainda vem em singelos saquinhos de papel por um preço não menos singelo. De vez em quando há exibições especiais de filmes mais alternativos e até debates. Foi no Cine Cauim, por exemplo, que vi o Zé do Caixão participar de um bate-papo com cerca de quinze gatos pingados, garotos fãs de terror gore e toda a sorte de outsiders. No final, ele, atendendo a pedido do público, jogou uma maldição satânica contra todos os presentes. Pois bem, terminada a introdução, digo que o Cine Cauim me é mais atraente quanto mais vazio, e ele fica especialmente vazio nos entardeceres de sábado, de modo que pouco a pouco vou firmando o hábito de todo sábado, lá pelas seis horas, ir tomar um chope. Hoje não foi diferente. Eu estava no caixa pagando a bebida quando chegou um velho já na casa dos oitenta anos vestido com toda a solenidade: um paletó de um azul bem claro, uma calça social bege e tênis de corrida da Olympikus. Ele chegou para a moça do balcão e disse: "Que filme passa hoje?". A moça do balcão respondeu, falando alto e bem devagar, já se prevenindo de uma eventual surdez: "TRANSFORMERS". O velho ficou confuso. Perguntou: "É o filme do Getúlio Vargas?", ao que a moça respondeu que o filme do Getúlio Vargas tinha sido na semana passada ou retrasada. O velho suspirou e foi embora andando bem devagarinho. Fiquei inconsolável e disse para a Ana: "Ele só queria ver um filme sobre o Getúlio Vargas na noite de sábado", e isso me pareceu muito justo. Depois de um momento, ainda fui até a calçada e vi ele se afastando: já estava a um quarteirão de distância, não mais do que uma figura crepuscular subindo a rua São Sebastião. Momentos depois, surgiu uma velhinha baixa e corcunda que, de alguma forma, lembrava-me o anão dançante de Twin Peaks. Ela vestia uma calça jeans, um blazer e uma dessas camisas compradas em brechó, com a estampa de uma praia e a frase *The Last Week of The Summer*. Pelo que vi, é figura conhecida do local. Ela tinha ido lá devolver uma vasilha de plástico para a moça que serve os chopes. Junto ao balcão, estava um senhor na casa dos cinquenta anos que também conhecia a velha. Ele pediu pra ela se sentar e, enquanto ela resfolegava na tentativa de escalar o banquinho, o sujeito ofereceu-lhe a mão, cortejando-a. Chegou a dizer: "Princesa, faz de conta que vim buscá-la no meu cavalo branco". Gosto quando noites de sábado se parecem com noites de sábado, em todo o seu desconsolo e esperança.

19 de Agosto de 2017

Chovia quando, no ano passado, fui ao museu de arte moderna de Edimburgo. Era sábado de manhã e, além da chuva, havia uma névoa rasteira. O museu, por assim dizer, compreende duas mansões antigas e provavelmente centenárias, uma diante da outra, separadas por uma alameda sinuosa. As construções são precedidas por gramados baixos e, chegando em cada uma delas, eu tive uma experiência de puro encantamento, o que explico agora: no gramado diante de uma das mansões, havia enormes letras em néon azul que formavam a seguinte frase: "There Will Be No Miracles Here". Na outra mansão, junto às colunas da entrada, letras em néon formavam outra frase: "Everything Is Going To Be Alright". E as frases em contraponto, na manhã chuvosa, em país estrangeiro, ficaram em minha cabeça como algo ouvido durante um sonho. De um lado, a recusa a qualquer transcendência, o homem limitado à sua miséria primordial; do outro, o consolo, como que a dizer que a carga humana - por mais pesada que seja - não significa pura e simplesmente danação. E eu tenho pensado nessas frases todos os dias quando, indo para o trabalho, pego a rodovia Cândido Portinari. Assim que saio da Anhanguera, sou surpreendido por um painel eletrônico com recados aos motoristas. As mensagens oscilam entre avisos banais e necessários, tipo "trânsito lento" ou "use cinto de segurança", e também avisos que apelam para a bondade humana, algo como "seja doador de sangue". Então lá estou, dia após dia, passando por essas advertências, e pensando em outras frases que poderiam aparecer no lugar das mensagens corriqueiras, e frequentemente penso numa mensagem também corriqueira, mas que, a cada vez que penso nela, reveste-se de uma ambiguidade maior, tornando-se próxima das sentenças do museu de arte moderna de Edimburgo. Uma frase que seria, sem falsa modéstia, o complemento dessa trilogia de apelo ao humano. Sim, é preciso que alguém nos diga que aqui não é um lugar de milagres. E é preciso que outro alguém nos diga que tudo vai ficar bem. E é igualmente necessário ler, indo e voltando do trabalho, um aviso luminoso que diz *Salve a sua vida.*

22 de Agosto de 2016

Com aquele sentimento de cachorro meio enlameado, secando sob um vento frio, retorno ao Brasileirão após as Olimpíadas. E começo de maneira extrema: um jogo na noite de segunda em que um sofrível Corinthians vai sendo derrotado por um Vitória-BA que começou a rodada na zona de rebaixamento. A experiência remete-me à infância, às rodadas intermediárias do Campeonato Paulista no início dos anos 90, na época em que Rivaldo jogava no Mogi-Mirim, Edílson no Guarani, Souza (que nunca vingou) era o camisa 10 do Rio Branco de Sorocaba e o Roberto Carlos era o voluntarioso lateral esquerdo do União São João de Araras. Os jogos desses colossos ocorriam em campos esburacados e pequenos, e eles não eram mais do que esquálidos pobres-diabos. Que houvesse, em outras partes do mundo, grandes atletas fadados à glória, isso era coisa de que eu suspeitava, ou melhor, que eu sabia, mas de maneira totalmente vaga e distante, um elemento exterior à realidade de todos os dias. E a peleja de hoje ocorreu assim, entre a sonolência e a melancolia ou talvez entre a voluntariedade e a mediocridade, e sem o consolo de craques ocultos em brejos, tudo a dizer: eis o verdadeiro legado olímpico dos homens que não nasceram para semideuses. Comemorarás o gol de mão, ou contra, ou impedido, o gol de empate contra um time de pernas de pau, isso num estádio com 1/3 de sua lotação, com jogadores de nomes compostos, tatuados, infelizes, para sempre os patinhos feios, os refugos, os reservas de times que em algum momento foram campeões, os melhores jogadores de equipes que acabaram sendo rebaixadas, os convocados para seleções de base que envelheceram rápido demais, os 100% Jesus que nunca foram agraciados com o mesmo talento de outros 100% Jesus que alcançaram os píncaros da glória.

30 de Agosto de 2014

Não consigo imaginar tristeza maior do que o cruzamento das ruas Paranapanema e Adalberto Pajuaba: uma escura farmácia de bairro, um posto de gasolina bandeira branca, constantes redemoinhos de poeira, uma imensa visão de um poente encardido que cai lá para os lados da USP, uma hortinha, um supermercado de família com caixas tristíssimas. E hoje ainda passou um carro de som, muito lento, tocando os acordes iniciais da música do filme do Rocky num loop de infinita desolação. Era a propaganda da videolocadora "Original", exortando os seus inexistentes clientes a alugar um filme na noite de sábado. Instantes depois passei em frente à tal videolocadora e não havia viva alma: uma visão do terrível comparada àquela que o narrador de "A Queda da Casa de Usher" tem da fúnebre mansão. Se bem me lembro, Poe descreve uma árvore seca diante da casa amaldiçoada. Tal e qual as árvores da rua Adalberto Pajuaba.

setembro

03 de Setembro de 2017

A manhã de domingo é a completa ausência de cinismo, em que as mais belas intenções são recebidas pelo espírito como uma real possibilidade de engrandecimento. Ir comer um pastel na feira, sair para dar uma volta de bicicleta, estar perto de água corrente, ler um jornal na praça: as possibilidades são inúmeras, e não duram mais do que o instante de um luminoso silêncio, que é o tempo que um sujeito consegue se olhar no espelho sem se abismar perante o que é; o reencontro com os olhos fundos de cansaço, com o corpo roído por desleixos ou talhado por obsessões, com as mãos cujas pontas dos dedos são finas ou gordas demais, sujas de nicotina, deus, dinheiro, vício, traição, e então começam as enumerações; o que me falta, o que não sou, o que não consegui, o que não faz o menor sentido. Mas eis o que quero dizer: há momentos em que os homens são, por inteiro, as suas mais belas intenções, a sua confiança mais imaculada e, repito, não é raro que aconteça na manhã do domingo. Hoje eu presenciei esse espírito em diversos momentos: vi garotas fazendo exercícios na grama, jovens levando os seus cachorros pelas coleiras, homens de família ensaboando os seus carros de família. Adiante, saindo do condomínio, vi uma comitiva de ciclistas, um senhor vestido com um moletom fotografando um ipê, um casal e a sua jovem filha diante de uma banca de verduras orgânicas, um sujeito dirigindo uma Brasília amarela que trazia um adesivo que li sem qualquer cinismo, embora logo tenha percebido as fundas e escuras ressonâncias. Um adesivo que, pura e simplesmente, dizia "herança do meu pai".

07 de Setembro de 2017

Há dois hipermercados em Ribeirão Preto que me levam a um sentimento de melancolia que, no seu extremo, confunde-se com uma certa ideia de encantamento e lirismo. O Carrefour da Via Norte e o Walmart. A estrutura de ambos é idêntica: há um estacionamento para centenas de carros e, em seu limite, uma construção enorme e baixa. Você olha para a fachada, lê Carrefour ou Walmart, e, mais além, há o abismo do céu. São lugares que se tornam especialmente severos nos dias quentes. O Carrefour, que ocupa o espaço de uma antiga olaria, conservou as chaminés de barro. De um lado é limitado por uma avenida com ares de estrada, onde cachorros e motoqueiros morrem e todo o entorno é uma vegetação-terreno baldio. Não muito distante há a nascente de um riacho, e o ar da tarde vem impregnado pelo zunzum das nuvens de mosquitos. Certa vez, vi um lagarto correndo por entre os carros, atravessando a cerca aramada, e enfim se camuflando na vegetação. Outra cena estranha que vi no Carrefour da Via Norte ocorreu na manhã em que, bem cedo, fui até lá para abastecer. Era o período das festas juninas e um grupo de idosos dançava em roda em torno de um amontoado de pneus à venda, exortados por um homem com um microfone. Nas quartas, a peixaria faz promoção, e então se forma uma grande fila. Famílias inteiras que, pacientemente, observam os olhos vítreos dos peixes mortos e o trabalho meticuloso dos peixeiros. Por sua vez, o Walmart tem um estacionamento que parece ser ainda maior, mais largo, e tem a seguinte disposição: a cada duas ou três vagas, há uma árvore baixa, e isso por duzentos ou trezentos metros de estacionamento, talvez quinhentos. Nos meses do estio, as árvores ficam com os galhos totalmente desfolhados, hirtos, lembrando-me uma vegetação desértica. Agora, os galhos vão se coroando de ipês rosas, mas é um florescer irregular. Árvores exuberantes convivem com outras totalmente peladas, há aquelas que já começam a perder a floração, cobrindo o asfalto ao redor com pétalas rosas, e há aquelas floridas pela metade. Os corredores do Walmart são mais fundos e largos, modelo de um hipermercado que os dias atuais renegam. O lugar se aproxima de uma ideia de falência e, no entanto, permanece. Alguns produtos são colocados à venda na própria caixa em que são estocados, o que faz com que o lugar seja um ponto intermediário entre um hipermercado convencional e um atacadista. Funcionários sonâmbulos, como que aprisionados a um sonho, a todo tempo estão repondo as arcas frias com bandejas de carne. Os peixes mortos parecem mais tristes. Os corredores de bebidas apresentam opções inusitadas por seus requintes: hoje vi lá garrafas de Grand Marnier e Chambord, exatamente como numa mansão de família que viveu seus melhores dias há algumas décadas, mas que ainda conserva certos costumes. E hoje, saindo, vi um enorme redemoinho de vento no limite do estacionamento. Conjurava folhas secas e areia, subindo até uns cinco metros de altura.

10 de Setembro de 2017

Termino o feriado prolongado falando das sorveterias dominicais, de sua imensa melancolia, de sua clara penumbra que abriga famílias em busca de um idílio gelado. No domingo, a sorveteria é a nudez de uma cidade, uma nudez áspera, e que revela algo como uma fratura exposta. Pois tudo cabe numa sorveteria dominical: o reinado das opiniões e da alienação, horizontes estreitos, visões de muros derruídos e dos fios entrelaçados no alto dos postes de energia, adolescentes que chegam caminhando, famílias confortavelmente instaladas em toyotas Corolla, casais em motocicletas, hipsters descolados no tempo e na geografia. O idílio termina enquanto se toma um sorvete que, rápido demais, derrete. O céu, organizado em faixas pálidas que vão do branco ao vermelho, significa uma única verdade: ausência de chuva. O delírio pode ser sutil e extravagante como um sorvete sabor churros. As crianças, com a bondade de um deus, riem e acenam para os pássaros de asas destroçadas.

15 de Setembro de 2016

A propaganda política se acirra, apontamentos: (1) Dias atrás, num semáforo da avenida Caramuru, um grupo de pessoas entregava santinhos. Era uma noite mais gelada e eu estava com os vidros do carro fechados. Percebi que se tratavam de parentes do candidato. Uma mulher veio até mim e acenou para que abrisse o vidro. Como tenho por hábito - sou insolitamente polido - aceitar qualquer tipo de papel que me entregam, abri o vidro e recebi os santinhos. A mulher disse "esse aqui é ficha limpa" e, enquanto ia embora, fiquei pensando que uma das habilidades da política é ter sempre palavras novas para dizer coisas velhas; (2) Hoje, na esquina das ruas Luiz da Cunha e Conselheiro Dantas, também no semáforo, fiquei observando outro grupo de pessoas distribuindo santinhos e tremulando bandeiras. Não eram parentes do candidato, mas pobres diabos contratados por um salário de fome. Reparei num dos sujeitos, no que balançava a bandeira mais suntuosa, na sua expressão congelada, uma desolação estática, uma desesperança estéril (haverá o contrário disso - haverá uma falta de esperança que frutifica?), e tive um daqueles momentos em que sou atravessado por uma fraturada ternura pelo próximo. Segui adiante e o deixei atrás de mim, a bandeira branca tremulando, estandarte da perpétua derrota.

21 de Setembro de 2013

Dia da árvore, arredores da Praça XV, Setembro amarelo: vi um grupo de universitários distribuindo mudinhas de plantas enquanto tantos outros jovens fotografavam a reação do vulgo como se registrassem um ato de extraordinária benevolência. Adiante, voltando para casa, ao passar pela ponte diante do mercadão, tomei as precauções habituais para evitar o ataque das ciganas que ali ficam. O lugar estava mais movimentado do que o habitual. E então vi um sujeito vestindo apenas um roupão preto de banho, imóvel, igual ao de um desses soldados da guarda real inglesa, e segurando uma placa que dizia "preciso de uma gentileza". Talvez fosse motivado pela circunstância de não existir amor em Ribeirão Preto, muito embora um grupo de jovens igualmente bem nascidos o cercasse com as suas caras máquinas fotográficas. Assusta-me essa irrefreável ascensão da classe média ao status de artistas. Só é preciso ter um pouco de verniz e a cara de pau de um camelô - o que me faz lembrar que, perto do homem que precisava de uma gentileza, havia um vendedor ambulante e, bem no momento que passei diante dele, escutei ele comentando baixinho: "Se hoje eu tivesse ganhado um real pra cada playboy que apareceu aqui com máquina fotográfica, estava rico". Mas é preciso ir em frente. Era o dia de compras para a semana. O próximo destino era o Extra da Presidente Vargas. Lá chegando, percebo um pandemônio logo ao entrar na loja: diante das televisões, um sujeito cantava a música do Naldo (a única que existe) e alguns funcionários soltavam gritinhos e o fotografavam com os seus celulares. "Não acredito que é o Naldo", comentou a Ana. "O Naldo? Aquele da televisão?" (eu). "É, sabia que ele se casou no mesmo dia que a gente?" (ela). "Não acredito que seja o Naldo. Aqui? No Extra de Ribeirão Preto? Fazendo playback para meia de dúzia de repositores de estoque sob uma chuva de confetes prateados?" (eu). "É o Naldo, sim, as moças estavam gritando, e olha os cartazes" (ela). Foi então que vi um enorme banner com uma foto do Naldo e as ofertas do dia. *Antes fosse o Naldo cover*, encerrei o assunto, perguntando-me se haveria alguma diferença entre um Naldo cover e um Naldo cover de si próprio. Pouco depois, ao passar pela Nove de Julho no retorno para casa, ainda vi uma feirinha de animais abandonados e, alguns quarteirões adiante, um grupo de bem intencionados erguiam cartazes conclamando os motoristas a uma direção mais responsável, o que se dava aos insólitos, surreais mesmo, sons do tema da

vitória de Ayrton Senna. Fim de um dia no Facebook fora do Facebook.

22 de Setembro de 2017

O Ribeirão Shopping, a cada nova ampliação, fica cada vez mais parecido com uma nave espacial. Talvez seja uma inevitável consequência de uma arquitetura com ares futuristas, em que predominam o vidro e o branco. Mas também pode ser algo deliberado, e, a partir dessa suspeita, hoje comecei a pensar em qual seria o modelo de nave espacial tido como referência: a primeira ideia que me veio à cabeça foi a Enterprise, de Star Trek. Fiquei acalentando essa possibilidade com um carinho geek até que veio a iluminação: é bem provável que a referência seja uma nave mãe de um desses filmes sobre invasores espaciais. Um colosso que surge por entre as nuvens ao meio-dia de uma terça-feira de Setembro, naquele momento em que estão adormecidas todas as suspeitas e vigora uma confiança plena no presente. Então os olhos se voltam para nuvens que se adensam e se transformam, tornando-se o vórtice de onde sai a tecnologia alienígena. O plot do filme, justamente por ser genérico, é uma variação de "Independence Day", de modo que a primeira reação é de perplexidade. Serão amigos? Serão exterminadores? E então os vilões atacam com violência. A derrota parece certa até que surge a resistência, geralmente composta pelos indivíduos mais variados: um mecânico de caminhões, um geólogo, um ex-estagiário da NASA, um soldado, um adolescente que era um caso perdido, os atuais candidatos à presidência de uma eleição extremamente polarizada, e todos eles precisam se unir. A resistência consegue um avanço ali, outro aqui, e em determinado momento eles concluem que precisam invadir a nave mãe, e assim eles fazem: invadem a nave que, vista de dentro, parece imensa - um centro médico, uma praça de alimentação, casulos de criogenia, aliens marchando como zumbis, uma megastore cujos vendedores são jovens que parecem egressos de uma propaganda de refrigerante, talvez um pouco envelhecidos, no momento em que trocam a paixão por Coca-Cola por cápsulas de Nespresso. Sim, tudo isso encontraria a resistência se hoje invadisse a nossa mais forte nave mãe, e não apenas isso: entre luzes cintilantes, a resistência encontraria até o circo do Marcos Frota.

30 de Setembro de 2013

Aqui no Parque Rivotril os condôminos levam o lixo a uma espécie de depósito e depois um funcionário vem e faz a separação e a transferência para as lixeiras da rua. E agora à noite, ao levar o lixo para o depósito, deparei-me com o cômodo totalmente vazio, com a exceção de dezenas de balões para festa que alguém lá deixou, todos meio oscilantes e coloridos ao receberem a brisa que entrava pela porta aberta.

outubro

02 de Outubro de 2016

Em dias de eleição, a Vila Tibério fica diferente, e por um motivo simples: muita gente que vota nas escolas do bairro não mora mais por aqui, então há uma espécie de frenesi, um certo ar de férias de final de ano, em que pessoas retornam para a cidade de origem, onde ainda moram os pais e avós. Eu voto na escola Sinhá Junqueira, uma das mais antigas do bairro. Ana, a alguns quarteirões de distância, vota no Liceu Contemporâneo, cujo próprio nome entrega o compromisso com o nosso tempo. Resolvemos fazer tudo de uma tacada só. Primeiro, uma caminhada ao Liceu, passando no Sinhá durante o caminho de volta. Somos interpelados no caminho por uma velha. Ela pergunta: onde fica o Liceu Contemporâneo? A considerar quem fez a indagação, a questão reveste-se de outros sentidos. Começo a dar as coordenadas e recebo um olhar incrédulo. Então a sugestão: estamos indo pra lá, pode nos acompanhar, se quiser. A velha aceita e passa a nos seguir. Logo no primeiro quarteirão, ao observar o santinho de seu candidato na sarjeta, ela tasca: *esse é bom*. A voz não tem qualquer entusiasmo, ênfase, tampouco tristeza. Alguns metros adiante, diante do santinho de outro candidato, com um ceticismo cru, ela sentencia: *e esse tem cara de capeta!* Não demora, uma árvore pesada de pequenos frutos nos distrai. Seriam gabirobas? Seriam acerolas? A árvore é grande. Os seus galhos mais altos e indomados digladiam-se com um telhado antigo. O que são maiores? Pés de gabiroba ou de acerola? A velha torna-se saudosa: "vida na roça é bom", e, enveredando por um fluxo de consciência só seu, aponta para um boteco: "televisão de cachorro!" Ela tem os olhos ávidos, presos à incandescente rotação dos frangos. O cheiro é saboroso. A gordura da pele goteja sobre batatas de um amarelo solar, e eis que a velha sentencia: "mas é muito caro, tenho dinheiro não". Fim do interlúdio com a senhora. A votação transcorre sem maiores atropelos, salvo um sujeito que chega pra votar de terno. Desconfio. Afinal, que boa alma vota de terno? Na esquina da escola Sinhá Junqueira há um ambulante vendendo água e refrigerante e, diante do portão de entrada, há um garapeiro, orgulhoso de sua posição. Outra votação sem atropelos. Todos felizes em sua resignação, em seu tédio domingueiro. A sala em que voto, provavelmente, é uma classe que serve a alunos bem crianças. Há poemas escritos em cartolinas pregadas na lousa. Vou lendo os versos enquanto espero a liberação da urna. Todos muito engraçados. Um fala sobre o menino que comeu carne de elefante e morreu, mas o melhor poema trouxe em mim a seguinte exclamação: lide com isso, Tim Burton! Eis aqui, transcrito: "Numa casa mal-assombrada/ tem uma bruxa descabelada/ e eu vi ela com um facão/ passando requeijão no João!"

05 de Outubro de 2014

Ontem, véspera de eleição, teve uma carreata aqui perto de casa. Por coincidência, eu estava logo atrás dos últimos carros e ainda peguei aquele momento em que os santinhos rodopiavam no ar poeirento. Agora à noite, meio de bode após ter cumprido o meu dever cívico, sugeri a Ana uma volta pela cidade e um milk-shake lá na sorveteria da praça Sete de Setembro. Nas ruas, uma melancolia que era uma mistura de ressaca pós-réveillon e pós-eliminação do Brasil na Copa do Mundo. Os santinhos atapetavam o chão das calçadas e ainda rodopiavam no ar após golpes de vento. Sei lá por que motivo tudo isso me levou até Konstantinos Kavafis e o seu "À Espera dos Bárbaros". O poema termina com a melancolia de quem, após um dia inteiro de espera, ouve as pessoas que chegam da fronteira e dizem: *já não vem ninguém*, mas eu sempre me senti em outro momento desse poema. Um ponto cego e futuro: quando todos os bárbaros já chegaram, constituíram família e agora dormem em suas casas e você anda pelas ruas vazias e já não há nada para esperar. Tem sido uma primavera sem chuva e sem flores.

07 de Outubro de 2013

De uns tempos para cá, vejo o despontar da Duque de Caxias como a rua mais interessante do Centro, sobretudo pela variedade: lojas de vinis usados, uma delegacia de polícia, a vista da Praça XV (o melhor lugar para se avistar o chafariz quando se passa de carro), uma sequência de lojas para armarinhos, lojas de fantasias (e agora que se aproxima o Halloween vejo, penduradas e como que enforcadas, bonecas de bruxas e fantasmas), uma loja maçônica, lojas que vendem tabuleta para túmulos, lojas que vendem artigos de magia negra, bancos, prostitutas nas esquinas, enfim, na rua Duque de Caxias há tudo o que sustenta a cidade e ao mesmo tempo tudo do que a cidade se envergonha. Sem contar que hoje descobri que aquele casarão abandonado, na esquina da Duque com a Tibiriçá (lindo de morrer, com um terraço onde, nas noites de verão, dois amantes poderiam dançar ao som de Cartola) chama-se Palacete Camilo de Matos, assim, um nome pronto, como se tivesse saído de um poema de Manuel Bandeira. *Meus amigos, meus inimigos, salvemos o Palacete Camilo de Matos!*

09 de Outubro de 2017

Como de praxe, eu vinha pela rodovia Anhanguera naquele trecho em que ela margeia o norte da cidade e recebe todo o tipo de tráfego pesado: os ônibus que seguiam pela Cândido Portinari, os treminhões carregados de cana-de-açúcar vindos das fronteiras de Jardinópolis, as dezenas de veículos que desembocam na rodovia pela avenida Brasil, e assim por diante. O calor já adquiriu a sua natureza de rocha abrasada e é detalhe que apenas torna a tarde mais árida dizer que o sol estava oculto atrás de umas nuvens baixas, em tons de carvão, antecipando - mas sem nenhuma suavidade - a penumbra do Ângelus. Então avistei, talvez uns cem metros diante de mim, um caminhão-baú que apresentava em sua traseira, ao estilo de um grafite hiper-realista, o rosto de Cristo. O branco e o negro apenas, sudário impresso no metal; e assim, por quilômetros, o rosto do Messias foi velando a todos nós, motoristas ruidosos que seguiam no encalço do caminhão. E, se é verdade dizer que em seu semblante havia sinais de uma obscura piedade, devo admitir que essa piedade - justamente por ser obscura, ensombrecida - também era um dos signos da aridez do dia. Uma piedade sem qualquer arrebatamento. O divino encarnado na couraça de um veículo de toneladas. No lugar de um sangrento coração divino, engrenagens potentes, combustível inflamável, e, na cabine, um homem que dirige solitário e, no interior desse homem, enjaulado, um coração sobre o qual nada se sabe além do fato de pertencer a um homem. Fui seguindo atrás do caminhão por um quilômetro, dois, três, e sempre mantendo a mesma distância, nunca me aproximando demais a ponto de ver límpida a imagem do Cristo, e nunca o vendo desaparecer na distância. Comecei a pensar em eventos que poderiam aumentar a natureza simbólica da situação. Pensei: que belo seria se o entardecer, saindo de trás das nuvens, em ondas de claridade que oscilam entre o dourado e o vermelho, incidisse de través no rosto do homem que nos mirava, fazendo com que parecesse ora sujo de sangue, ora a fonte do próprio sol. E ainda pensei: que insólito seria se, entre mim e o rosto, se interpusesse um desses caminhões que transportam gado, que, por entre as grades de metal, assustados, miram os motoristas da mesma forma que os bois drummondianos. Até cheguei a sintonizar a rádio Diário, pois às seis da tarde ela toca um versão do *ângelus* cantada por Dolores O'Riordan, mas cheguei alguns minutos atrasado à hora sagrada. Não me lembro o que a rádio tocava – talvez "Sweet Child O'Mine" ou "The Final Countdown", ambas ganhando outras ressonâncias na tarde grave. Absorto, eu havia ultrapassado o motel Koxixo e já me misturava à massa de carros que tomam a saída para a rodovia Antônio Duarte Nogueira enquanto

o caminhão permanecia na Anhanguera, equidistante e imperturbável, piedoso e ausente, banal e transcendente.

17 de Outubro de 2014

Fosse eu Nelson Rodrigues, faria uma crônica sobre esses dias de frenesi político. Diria algo assim: "Eis que, em tempos de democracia, o brasileiro descobre a sua verdadeira alma: é um taxista, senhores! Um taxista a trafegar por uma rua congestionada. Irrita-se contra os outros taxistas que com ele dividem a pista. Maldiz. Xinga. Cairia ao solo estrebuchando não fosse o banco que o apara. Desfia suas teorias de mundo sobre o Papa e a cunhada. Duvida de Deus e do Sobrenatural de Almeida ou os acusa de serem miseravelmente parciais, vendidos, corruptos. Chora pelos velhos tempos. Revolta-se contra a lentidão dos contínuos. Exorta a prontidão dos padrões. Muda de ideia no minuto seguinte. Buzina. Olha o sol, o asfalto, o vazio. O brasileiro tão satisfeito de si. O brasileiro taciturno. O brasileiro lírico. O brasileiro santo. O brasileiro canalha. Todos nós. Taxistas do meio-dia pela avenida insuportavelmente congestionada. A avenida sem amanhã e com um passado que não se conhece direito".

18 de Outubro de 2013

Sapatarias são sempre um lugar sombrio, mas era preciso ir até lá na companhia de Ana para ver se tinha jeito de arrumar uma bolsa. Isso foi ontem, lá pelas cinco e meia. Chovia. No lugar, não havia qualquer iluminação artificial e não havia qualquer fonte de claridade além da penumbra úmida que vinha da rua. Um radinho ligado. A voz do locutor repete um salmo. Entre sapatos sem salto e bolsas mutiladas, uma mulher lê a Bíblia. Ela é alta, magra, loira, olhos cavados. Ela não percebe a nossa presença. Ficamos sem graça de interromper e esperamos junto ao balcão enquanto o locutor termina de ler o salmo e ela de rezar baixinho. A mulher nos vê. Cordialidades de praxe. Ana começa a explicar que um sujeito puxou a bolsa e arrebentou a alça. A mulher nos interrompe, quase gritando: *vocês têm internet?* Diante da resposta afirmativa, ela começa a explicar que precisamos nos mobilizar, que precisamos escrever para eles, embora nunca fique muito claro de que eles está falando. Depois ela diz quanto ganha um policial militar e que um preso com cinco filhos recebe cinco mil reais do governo como auxílio. Digo que é realmente um mundo torto e tento voltar a falar da bolsa. A mulher então arremata: "Conto com vocês, queridos. Vamos nos mobilizar. Vamos escrever pra eles. Ano que vem tem aquele negócio... como é mesmo o nome?". "Que negócio?", pergunto, confuso. "Aquele negócio de escolher as pessoas". "Eleições?", torno a perguntar, um tanto incrédulo. "Sim, sim, isso aí, eleições. Tem isso aí ano que vem. Vamos nos mobilizar. Conto com vocês na internet".

26 de Outubro de 2014

Finda a apuração e reeleita a presidenta, Ana disse que queria dar uma volta pela cidade para ver o clima da cidade pós-eleições. Eu disse algo mais ou menos assim, embora com menos pompa: *Verás uma cidade esvaziada.* Nem tanto. Na avenida Francisco Junqueira uma viatura da polícia deu luz alta no retrovisor e me ultrapassou, furiosa. Parei num desses postos de gasolina para comprarmos um picolé. Os frentistas estavam a ver os navios do tédio. Diante da loja de conveniências, dentro de um Palio, duas moças conversavam, gravemente, e bebiam latinhas de Skol. Ao passar pelo carro, cheguei a escutar uma delas a dizer a palavra "ilusão". No centro da cidade, um deserto só, com o Teatro Pedro II iluminado por uma penumbra violeta. Ao longo da Duque de Caxias, diante do antigo Cine Plaza e diante da biblioteca, gatos pingados esperavam o ônibus. Na avenida Martinico Prado, uma comitiva de travestis descia a rua. Acenaram para o carro. Alguns quarteirões adiante, passou um homem correndo, possivelmente atrás de um ônibus que não vi. Na avenida Zerrener, vi o preciso momento em que um casal tristonho tirava, de um carro, os adesivos do candidato derrotado. Na mesma avenida, um desses trenzinhos da alegria. "Aí", disse Ana, triunfante: "A festa do proletariado", mas a verdade é que o trenzinho estava vazio, sem Capitão América ou Fofão, e apenas faiscava, náufrago de um sonho, em tons de verde, sem música.

28 de Outubro de 2016

De regresso há uma semana, venho observando a cidade em silêncio. Uma ida ao Carrefour da Via Norte, na terça, já serviria como mote para uma crônica de retorno, mas resolvi adiar, sonolento, até hoje, dia de uma volta pelo centro da cidade em pleno horário comercial de uma sexta-feira útil, quando observei o que segue: (1) Há um andino que, desde o ano passado, talvez antes, posicionou-se diante do centro popular de compras com uma barraquinha onde vende CDs piratas. Ele tem uma caixa de som e está sempre tocando música num volume bem alto. Não fossem certos hinos religiosos, eu diria que o seu gosto musical é irrepreensível, geralmente focado no romântico grandiloquente dos anos 80, gigantesco e sublime contraponto ao lugar e a si próprio. De uns tempos para cá também tenho visto, ao lado da banca, um carrinho de bebê no sol estalando, um recém-nascido sempre adormecido, e uma andina mais velha - provavelmente a avó da criança - como presença silenciosa. Uma mulher de olhar duro, massacrado, rochoso. Hoje a mulher estava sozinha, na vitrola um Roberto Carlos dos anos 60, pueril, e ela impassível ao lado, imóvel como um totem de dor; (2) Então penso que as cidades precisam do cruzamento de sangues, de fugas e exílios entrelaçados, de vozes incompreensíveis umas às outras; 3) Subindo a São Sebastião, vou olhar discos usados de vinil numa loja da baixada. Nada muito notável, com exceção da parte dedicada à música latina, e acabo levando um LP da Mercedes Sosa totalmente no escuro; (4) Paro na Única num momento de balcões vazios: um café e um pastel de carne por módicos cinco reais. Na saída cruzo com um sujeito que pergunta: *posso oferecer um pouco de felicidade?*, e tenta me vender algo na sequência, mas consigo me desviar; (5) Na Praça XV, o chafariz está ligado e a água sobe contra um céu de um azul claríssimo, contra o forte sol, de modo que o jato de água, à medida que ganha altura, apresenta uma tênue transparência de arco-íris que rebenta numa claridade estourada como um espelho refletindo o sol. Ao redor, como se o vento se tornasse visível, pequenas ondulações de uma lâmina d'água que se afasta, leve, até pousar sobre as folhas de uma bananeira no momento em que passa um sujeito com uma cicatriz horrível no pescoço, pedindo moedas. Entrego algumas, ele vocifera uma simpatia, ou melhor, uma premonição, um augúrio de felicidade; (6) Diante do Teatro Pedro II, um sujeito vestido igual ao Michael Jackson dança, solitário, "Billie Jean" em troca de algumas moedas. A única pessoa que o observa com seriedade é um vendedor de pamonhas.

novembro

09 de Novembro de 2016

Costumo acordar uma ou duas horas antes do despertador ressoar, ainda madrugada, a casa na penumbra da aurora. Geralmente vou até o banheiro ou bebo um copo d'água. No caminho de volta, pego o celular e passo os olhos pela timeline do Facebook. Pelo menos trinta por cento dos meus contatos são de Portugal e a essa hora muitos já estão postando, de modo que sigo um fuso horário híbrido, ao menos virtualmente. Hoje, durante essa rotina da madrugada, li a notícia da vitória de Trump. Senti algo como um espanto resignado, uma sensação de sonho: um sentimento de quando a consciência se depara com uma cena absolutamente estranha, percebe a possibilidade do choque e, ao mesmo tempo, toma o evento como algo absolutamente normal. Foi assim hoje, tanto que voltei à cama para um último sonho. Acordei com um formigamento no corpo, algo que atribuo a uma posição desconfortável e não a uma metamorfose incompleta, afinal, ainda não sou um brasileiro que vive em Miami. O dia que se seguiu foi normal, de céu baixo e nuvens escuras. No lugar onde trabalho parece haver, efeitos da estação e do arvoredo ao redor, uma proliferação desses pequenos besouros que, volta e meia, ficam com as perninhas voltadas para cima, agitados, impossibilitados de seguir adiante. Pela manhã, deparei-me com pelo menos três desses invertebrados, e veio um sentimento ambíguo: por um momento oscilei entre desvirá-los, convertendo-me em deus salvador, ou esmagá-los sob a sola dos sapatos, escutando aquele *crack* de vida que se extingue e que ressoa até na mandíbula. Mas não se assustem: ainda sou um deus salvador, indiferente nos piores dias, de modo que desvirei dois ou três besouros e deixei um número bem maior aprisionado em sua intrínseca agonia. Mal sei porque agora falo de besouros, então retomo: o dia seguiu sem incidentes e por incidentes quero dizer sem mortes ou purgações. Pela tarde, tive uma consulta no dentista. Durante o atendimento, tudo em ordem, embora eu fosse capaz de escutar - sobrepondo-se ao motorzinho - um crescente fragor: trovões, vento contra as vidraças. *Será uma tempestade?*, perguntou o dentista. Calei-me, sem respostas e, finda a consulta, saí para as ruas esperando encontrar a cidade devastada por uma borrasca, mas era a cidade de todos os dias nos estertores de uma chuva de verão, aquele vento que mistura umidade, calor e poeira revirada. Anoitecia. As nuvens, agora, oscilavam entre o dourado e o vermelho. Podia ver o Ribeirão Shopping e o perfil de uma gigantesca árvore de natal contra o abismo do céu.

12 de Novembro de 2016

Hoje, no Extra, vi uma menina de uns sete/oito anos aprender, a duras penas, o que é lirismo e a sua contenção. Primeiro, na parte das flores, diante de umas orquídeas azuis. Ela disse, deslumbrada: *nunca tinha visto uma flor azul!* E o pai, lacônico, respondeu: "agora viu". Depois, topo com a família na peixaria. A menina, assombrada, constatou: "aquele peixe tá sangrando". E o pai, preciso como uma máquina, cravou: *é porque tá morto!*

14 de Novembro de 2014

Eu estava na Francisco Junqueira, na altura do bosque, quando começou a chover. Lancei um demorado olhar na direção do arvoredo. O céu era de uma brancura pacífica, véu translúcido, uma matiz do branco dentro do branco. A garoa caía tão silenciosa, cristalizando o instante,

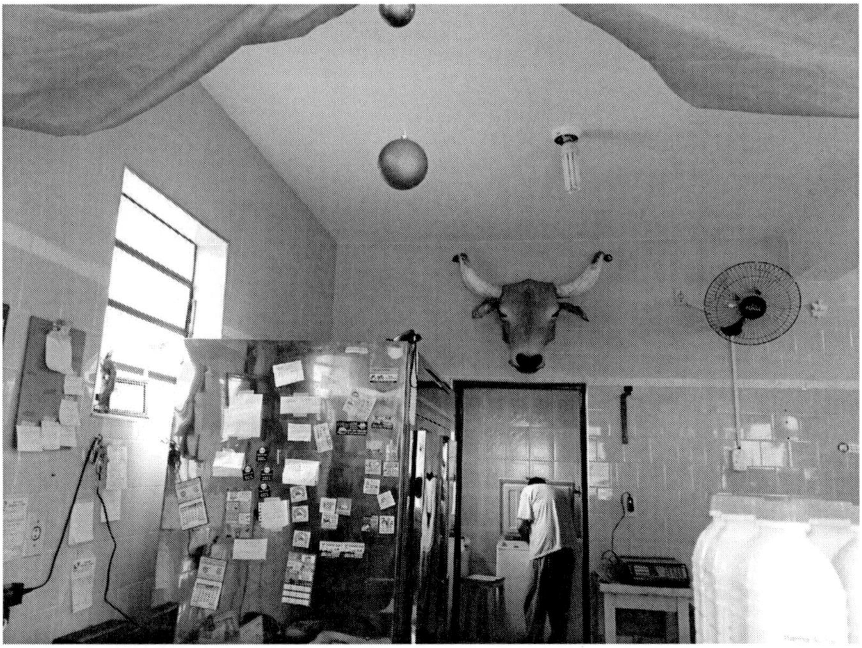

que o arvoredo, embora oscilasse ao sabor do vento, parecia imóvel. Foi então que pensei estar diante de um desses momentos de perfeito silêncio, perfeita inércia, perfeito movimento. Lembrei-me de Yasunari Kawabata e pensei que deveria ler mais escritores japoneses.

15 de Novembro de 2015

Desenha-se, em silêncio, o verdadeiro embate entre as lojas de quinquilharia nos arredores da Praça XV. A Crispark é a atual campeã, oriunda dos grotões chineses, iluminada como a Times Square, com os seus vigilantes funcionários que, do alto de cadeiras-escadas postadas entre os corredores, observam a massa humana que se espreme, verdadeira turba. E, numa cidade onde pode fazer quarenta graus no inverno ou viver um dilúvio em dias de verão, e cuja vegetação oscila entre a relva árida e morta do deserto ou um mato desordenado que nunca recua aos comandos do soldado raso outono, é preciso ter algo que pontue as estações. E a Crispark cumpre essa função social de assinalar com letras de néon o avançar das folhinhas no calendário. De uma semana para a outra, todo o material de volta às aulas é substituído por badulaques para o Carnaval. Depois vem a estação das Festas Juninas, e as fantasias de Halloween misteriosamente se desvanecem na neve fabricada para o Natal. Nunca a mesma loja e sempre a mesma loja, mudando-se num ritmo de sonho em que passamos da sala de estar da infância para um consultório médico e de um consultório médico para um país estranho em questão de passos, e que sempre me deixa a seguinte pergunta: o que eles fazem com todo o estoque que simplesmente desaparece da noite para o dia? Sem dúvida, a Crispark é uma potência da General Osório, mas que agora percebe uma sombra de ameaça, e na mesma rua. Uma loja em tudo igual, e que atende pelo nome de Bugipark, que, ao menos no quesito neologismo, levou a melhor e já submeteu a Crispark a pelo menos uma saia justa: a campeã teve que colocar um cartaz esclarecendo que apenas irá trocar mercadorias compradas no referido estabelecimento, o que disse, bem adivinho, rilhando os dentes para um duplo surgido sei lá de onde.

16 de Novembro de 2017

O trecho da rodovia Cândido Portinari que percorro diariamente, na travessia entre Brodowski e Ribeirão Preto, é de uma beleza inesperada. Nos campos ao redor, quase não há plantações de cana, e o verde ondula até o limite da paisagem. O caminho é de contínuo declive. O que resta de marca humana é de uma desolação tão próxima da melancolia que acaba por adquirir um sentido de beleza: um monte escavado pela atividade de uma pedreira que não se encontra mais em funcionamento, um guindaste que sempre vejo inativo, alguns outdoors sem propagandas ou com propagandas rasgadas e desbotadas até se tornarem irreconhecíveis, uma cerca de madeira - com ares de antigamente - ao redor de um estábulo que também parece abandonado, a brancura paciente do gado que pasta ao pé de uma fileira de árvores altas. Hoje, com a luz do entardecer de través, começou a chover quando já me encontrava próximo de Ribeirão Preto, mais ou menos na altura do crematório. Vi uma coluna de fumaça escura, sinal de incêndio. Aproximando-me, percebi que o fogo era jovem e, no centro da coluna, as labaredas ainda eram de um vermelho vivo e sanguíneo, completamente alheio à água que começava a cair. Segui adiante, peguei a saída para a Anhanguera e a imensidão encurtou: dezenas de carros, ônibus e caminhões acelerados em ambos os sentidos da pista. Movimento contínuo, ruidoso. Os campos ao redor substituídos pelas construções baixas e precárias dos limites da cidade. Debaixo de um viaduto, percebi que alguns motoqueiros preparavam-se para a chuva, e o faziam vestindo capas impermeáveis; um ritual que sempre me parece revestido de uma tristeza cômica, de uma resignação esperançosa - a preparação para o enfrentamento com algo que transcende tudo o que seja humano. Como se preparar para o embate com um dos anjos de Rilke – aquele cujo hálito significa aniquilação. Quilômetros adiante, nos muros do abandonado Motel Koxixo (tenho uma especial ternura pelo ridículo dos nomes de motéis e loterias, que é o modo como os homens tentam nomear o inefável de seus desejos/ abismos/pontos cegos), um imenso banner trazia a seguinte frase: “Leia na internet as novas revelações de Jesus”. Que novas revelações são essas, desconheço, pois na velocidade do retorno não cheguei a perceber o endereço do site. Minutos depois, a chuva era uma realidade incontornável e, já na avenida de casa, ao passar diante de um carrinho de lanche, percebi como a água desmanchava as letras de um cartaz de cartolina que trazia um anúncio que deveria ser decisivo aos nossos dias, mas que termina como um silêncio que arde. Um cartaz que apenas dizia: *“Xodó Lanches está de volta”*.

21 de Novembro de 2015

Vamos sentar aqui e esperar o Johnny, diz a mulher como no início de um conto. Ela está acompanhada de um menino de uns cinco anos de idade: o João. E então temos Johnny e João, como se Faulkner tivesse descido para esses cinzas trópicos. Estou na Praça XV. Alguns operários montam a decoração de Natal: uma gigantesca bola de arame e ferro que mais parece um globo da morte. Os operários estão sobre a grama, trabalhando sob o sol, na contraluz. João e a mãe vão embora antes de Johnny chegar. Passam duas mulheres, provavelmente avó e neta. Olham para os escombros do calçadão inacabado. A avó pergunta: *pra que tanta sujeira, meu deus do céu?*, exatamente como no final de um poema.

24 de Novembro de 2017

Gosto de estátuas com tal intensidade que um dos meus falhados sonhos burgueses é ter uma Afrodite no fundo do quintal, junto ao pé da acerola. E estátuas existem de duas naturezas: aquelas infiltradas de umidade, como se um coração lodoso transbordasse e irradiasse uma eternidade liquefeita pelas artérias de pedra. São as afrodites, as pietás, os santos trespassados de flechas. E existem as estátuas que o sol vai desbotando, trabalho lento, e os rostos e as feições vão desaparecendo numa mudez de calcário. São os anões de jardim, as brancas de neve, os heróis em poses pueris.

25 de Novembro de 2016

Choveu muito durante o anoitecer. Uma tempestade vinda sem anúncios. Em casa arrancou o toldo, trouxe goteiras, e os ralos não conseguiram escoar a água com vazão suficiente para evitar que a varanda fosse alagada. Mais tarde, finda a borrasca, fui levar o meu pai até a praça para ele alimentar os gatos abandonados. Tão logo viramos a Conselheiro Dantas, fez-se a treva, com um apagão das luzes de todos os postes. No próximo quarteirão, um sujeito acenava com uma lanterna de led, cegando os motoristas, para que eles não avançassem sobre uma árvore caída no meio-fio. O carro passou espremido. Deu para ver um estranho vulto lutando contra os galhos, as folhas encharcadas adquirindo um brilho perolado, como aquele delirante exército que avança contra Macbeth. A igreja da rua Martinico Prado fica em frente da sorveteria Kelly & Keith. Ao que indica, há um casamento marcado para a noite de hoje, e os padrinhos, todos de ternos escuros, sem outro lugar para se abrigar do temporal, amontoavam-se no interior da habitualmente vazia e decadente sorveteria. Nas ruas ao redor da praça, muitos galhos pelo chão. Uma árvore enorme com o tronco partido quase caiu sobre a casinha dos taxistas. O chafariz, seco há não sei quantos anos, transbordava folhas mortas. Deixamos a comida para os gatos. Ao virar o quarteirão, subindo a Conselheiro Saraiva, vimos que alguns dos padrinhos haviam descido até o bar que faz esquina com a Luiz da Cunha, conhecido ponto de garotos de programa e travestis, e subiam de volta à sorveteria com latinhas de Skol, risonhos com o bizarro da noite. Agora também havia madrinhas com vestidos de festa, longos, esplendorosos, rendas purpúreas e esmeraldas do oriente, esgares de uma maquiagem excessiva nos rostos, os cabelos paramentados, todas elas no interior da sorveteria Kelly & Keith, os quarteirões ao redor em trevas, e outros convidados chegando para o casamento ameaçado.

dezembro

06 de Dezembro de 2015

Alguém estacionou o carro no sol e ouve "Californication" em meio a gorjeios roucos de pássaros. A praça é devastada. Alguns poucos bancos de cimento, quase todos quebrados, com água estagnada e podre empoçada nos assentos. O mato cresceu. Esconde bichos, carniças. Praça baldia. Uma estrutura de ferro oxidada, de utilidade incompreensível que não seja ser ruína, jaz num dos seus extremos. Atrás, uma escola pública. No alto dos muros que a cercam, pedras pontiagudas e arames farpados. Uma escola esquecida pela onda de ocupações. Uma escola Enfermaria 6. Uma escola presídio. No pátio, um amontoado de carteiras escolares, todas quebradas. A água que sai dos bebedouros parece insalubre. Pouca coisa remete melhor à decadência do que água podre. E uma piscina de água podre é uma imagem de fácil e inevitável decadência. Lembro-me daquela piscina de águas turvas, cercada de cadeiras enferrujadas e de corpos que não se encaixam nas engrenagens feéricas-intangíveis dos dias. Parecia que Lucrecia Martel seria grande. E aí me lembro daquela outra piscina cinematográfica. *Sunset Boulevard.* William Holden afogado. "Californication" silenciou. Não parece haver mortos em Jardinopólis, onde espero Ana fazer a prova de um concurso público. Se existem, cheiram como os vivos. Tédio, água estragada, vulgaridades irredimíveis. Estamos tão longe dos grandes flagelos e nada, nada é limpo.

11 de Dezembro de 2017

Cismei, tempos atrás, que um dos vendedores de uma arcaica loja de camisas sociais, no Centro, parecia o Camus. Depois, em análises mais minuciosas, verifiquei que a semelhança não era assim tão notável, ao contrário. Até onde sei, o filósofo escritor nunca ostentou um fino bigode. Mas a ideia de ter um sósia do Camus vendendo camisas com cacoetes de alfaiate na rua São Sebastião, perto da Única, era algo que definitivamente me agradava. Situava o centro da cidade - o seu tumulto essencial - no patamar preciso de absurdo e tragédia, tornando a minha prosaica cidade como uma espécie de Orão. Uma cidade com as costas voltadas para o mar, em que o amor tornou-se um longo hábito. Depois abandonei tais devaneios. Até que hoje, por conta de um escorpião surgido em casa, em plena cortina da sala, na indefensável noite de domingo, eu fui obrigado a entrar em contato com uma firma de controle de pragas. Parece que a cidade vem sendo invadida pelos escorpiões. Das casas da rua, mais da metade dos moradores encontrou o temível invertebrado em seus lares. Então veio hoje o técnico da firma de dedetização. Dessa vez, a semelhança com Camus era inevitável: o tom moreno da pele, o corte de cabelo, até mesmo um olhar de esperta incredulidade. Ficou explicando a mim e a Ana, suburbanos apavorados, como a nossa existência é mínima, como a peste é iminente, como o sentido das coisas se estreita para depois se alargar. Então foi embora. Era segunda de manhã. E passei o dia todo imaginando esse Camus, inventado por mim, voltando ao escritório e fazendo anotações em seus cadernos sobre o medo de um subúrbio ameaçado, os seus protocolos de segurança, as suas lacunas, as suas ameaças incontornáveis, e a inexplicável - porém necessária - tenacidade de seus moradores.

16 de Dezembro de 2013

Nuvens encobriram o céu o tempo todo, o que não causou um dia sombrio. Pairou uma luminosidade de um verde empalidecido, difuso, atravessado aqui e ali de claridade. A noite tombou fresca. Saio para dar uma volta pelo centro da cidade, o vento mais forte do que o habitual. Sigo pela São Sebastião, sem esperança da Única estar aberta, mas eis que me engano e me permito um café. Por um breve momento, enquanto as luzes dos postes se acendem e o céu passa de um azul aguçado para uma massa fosca e turva de sombras, a cafeteria fica totalmente deserta: *my private nighthawks*. Mas o momento passa e a verdade das almas que atravessam o Centro logo se imiscuem. Uma garota entra e pede um maço de cigarros. Um senhor surge e pergunta: “ainda tá servindo misto quente e café?" Uma das balconistas acena que sim. Ele senta-se junto ao balcão, animado. Uma outra balconista começa a repor salgados na estufa. Após terminar o serviço, ela diz que vai dar uma escapadinha. Atravessa a rua, pede um churros e regressa para os últimos trabalhos do dia. Sigo na direção da Praça XV, encantado com o néon da genuína decadência do "Hotel Metropolitano" ali na esquina da General Osório com a Visconde de Inhaúma. A cidade parece deslocada geograficamente, como se estivesse mais próxima do mar - que então estaria oculto atrás de alguns dos prédios. Sei que é mentira, que é apenas um devaneio, e prossigo, afastando-me dos quarteirões de maior movimento, deixando para trás um fragor de festa. Entro numa loja de R$ 1,99 acima do finado Cine Plaza, quase na esquina do prédio da prefeitura. Chocolates, biscoitos, enfeites natalinos, dez litros de água sanitária por R$ 7,99. Enquanto pago, feliz por gastar tão pouco com uns itens tão improváveis quanto necessários, escuto o pregão de um dos funcionários da loja. Tem uma voz triste. Está sentado sobre uma cadeira de rodas. O anúncio de cada produto é sucedido pela enumeração de uma qualidade no diminutivo. A água está geladinha, as luzes de natal estão baratinhas, e o chuchu - pois havia uma banca de legumes na calçada - ah, o chuchu está verdinho.

20 de Dezembro de 2017

Um dos meus lugares de formação, onde gastei longas horas de tédio juvenil, foi um bar meio boca do lixo na esquina da Amador Bueno com a Florêncio de Abreu.

Um lugar meio obscuro, com algumas mesas de bilhar ao fundo e o que me parecia ser uma pensão no andar de cima. Ao que parece, utilizada para a mercancia dos corpos. Mas as fichas eram baratas, a clientela tranquila, e ficávamos lá, eu e um amigo, jogando sinuca nas tardes de sábado ou após a aula. Um lugar de falas sussurradas, de disputas ferrenhas, de tristezas alcoólicas e clandestinidades que ardiam. Éramos os forasteiros, os bem-nascidos. Párias invertidos. Nunca houve confusão lá, com exceção de uma ou outra cena que nos marcava pelo insólito, e nunca pelo perigo (ausente) que encerrava. No outro lado da rua, na Funerária Nicácio, certa vez apareceu um carro de som tocando canções de amor num volume altíssimo. Uma declaração para uma das funcionárias do lugar. Não me lembro se havia familiares de mortos na funerária. As mesas de sinuca estavam lotadas e nós todos fomos na calçada, iguais na contemplação do amor. Depois as atividades foram retomadas. A vida triste, vazia, barata. O bar fechou daí alguns anos. Nada emplaca lá. Agora é um brechó que vende roupas muito coloridas. As manequins vestidas para o réveillon no mesmo lugar da calçada onde, anos atrás, contemplamos a declaração de amor. A funerária continua.

21 de Dezembro de 2017

O coração humano é singelo como o de qualquer animal assustado, incapaz de suportar os contrastes do dia. Talvez por isso Dezembro seja uma faca tão afiada, ainda mais à medida que se aproxima o final. Pois em Dezembro todos os dias são sábados e todos os dias são domingos, e a ideia do amanhã é tão incontornável que o próprio presente oscila como um pêndulo: ora se tornando uma antecipação do futuro que ainda não veio, ora significando o passado que se prende à epiderme do espírito como uma nódoa de lama. E, com o coração assim dilacerado, tornamo-nos seres em constante exasperação, suscetíveis, nostálgicos, melancólicos, eufóricos. Seres para os quais tudo se torna, imediatamente, um símbolo de sentido tão cifrado que dói: a imensidão ardente da luz em dias sem chuva, em entardeceres tão longos que subvertem a nossa própria ideia de noite, o nosso próprio relógio biológico-espiritual; os súbitos temporais que arrasam telhados e árvores; a constância de uma chuvinha mansa como alguém que vai morrendo enquanto dorme, mas sem nunca se desprender totalmente da existência. Tudo símbolos para o espírito, tudo tornando a lâmina de Dezembro mais cortante. Chego a pensar que as luzinhas natalinas nas varandas e janelas são o espírito - claudicante, mendigo, gago - tentando se expressar por símbolos. Tentando verbalizar movimentos subitamente perceptíveis. Ao menos é assim comigo. Admito ter uma alma ruim, viciada, e que se torna frenética em dias de dolorosos contrastes. Talvez o meu coração seja igual ao do beija-flor que não sabe o que é um trovão. E nesse contínuo sábado que é domingo (e domingo que é sábado) os poderes constituídos deviam tomar certas medidas. Por exemplo: suspender "A Hora do Brasil", às sete da noite. Hoje eu vinha pela avenida, sem saber que dia era, sem saber que alma era a minha, entre o ócio e a urgência, e de repente começou "A Hora do Brasil" e eu quase estacionei o carro e fiquei olhando a chuva sobre o terreno baldio, profundamente atônito.

25 de Dezembro de 2017

Após a ceia, levo os meus pais de volta até a Vila Tibério, atravessando a cidade. Talvez fosse efeito dos vidros fechados, ou um eco da madrugada, mas a noite parecia mais escura, de focos de sombra mais densas, e o que irradiava brilho - os faróis dos outros carros, as luzes natalinas, as lâmpadas no alto dos postes, uma e outra fachada de loja - era de um clarão difuso e amortecido. Há poucos estabelecimentos comerciais abertos e, em diversos quarteirões, a noite de natal é indistinta de qualquer madrugada: um instante de perfeita inércia, em que se percebe, entre o espírito e a realidade, um tanger de cordas levadas ao limite, uma tensão que não se dissipa e reveste de estranheza a contemplação dos carros estacionados, das árvores, das casas engolfadas por um sono de pedra. O desejo de dormir vem junto com um medo inominável e um impossível e doloroso anseio de liberdade. Em outros quarteirões, a data revela-se mais presente. Descendo a Florêncio de Abreu, na altura da praça da Sete de Setembro, uma comitiva natalina espera a sua liberação na recepção de um prédio: o Papai Noel com o saco cheio de presentes, e uma comitiva de quatro ou cinco mulheres também vestidas de vermelho e com gorros nas cabeças. Passo a olhar na direção de todos os prédios, e vejo os seus recepcionistas, vultos imóveis dentro de um aquário de luzes apagadas. Vou me embrenhando pelo Centro e recrudesce a sensação de que tangencio uma fronteira de sonho, silêncio, vazio. É a hora em que luz e sombras começam o estranho intercâmbio que vai desaguar na aurora: as luzes cada vez mais difusas, como que delimitadas por franjas de breu; as sombras cada vez mais acesas, como se uma existência mínima ardesse em seus corações. E vou encontrando os seres solitários da noite: um sujeito que passa sozinho, pedalando uma bicicleta na contramão; um outro sujeito que vem com um ar meio alucinado, andando depressa, e que, no momento preciso em que passo por ele, abriga-se sob uma cabine telefônica e começa a discar para alguém; mais adiante, na altura do terminal rodoviário, o aglomerado de suas luzes é de uma exasperação solitária e sem sentido; depois, vejo um sujeito agradando um cachorro de rua, pelo negro, vira-lata, a fome impressa nos ossos e que agita o seu rabo lentamente, perturbando o vazio da hora.

30 de Dezembro de 2015

Óleo de carneiro, cartilagem de tubarão, manteiga de sucuri, um remédio para dores secretas cujo cartaz anuncia algo como "chega de sofrer, agora a novidade é...", e mais embaixo, no mesmo cartaz, a informação: "desde 1962". Estou no interior de Minas Gerais, numa cidade com quase todas as casas acabadas pela metade, lonas de um circo no terreno baldio e um carro de som que passa anunciando o espetáculo. Um mundo de homens falidos é um mundo de constantes pregões. *Agora aqui após ter passado por Moscou, Pequim e Tóquio.* O céu é negro, imenso, baixo. Se chover tudo será barro e o circo terá uma noite ruim. Vou lendo Raymond Carver entre abismos de tédio. Sou ridículo como qualquer personagem seu, como qualquer homem suburbano. Entre uma leitura e outra, limpo o carro e recolho papéis acumulados durante meses. Encontro a sorte de um biscoito chinês e, sem ler o provérbio, atento para os números do verso e jogo na Sena da virada. Na loteria, completo mais dois jogos para não desperdiçar o volante. Escolho números insensatos como julgo que a sorte deve ser e penso nos poemas que não escreverei quando tiver fortunas. Ganhar na loteria seria o meu equivalente (banal e covarde) a traficar armas na África escaldante. Pela noite, sento-me na varanda, as costas voltadas para um descampado imenso, montanhas, uma distância que se abre em vertigens. A noite é apenas latido de cachorros, ventanias, luzinhas de natal brilhando para ruas desertas, até que passos arrastados são ouvidos, chinelo sobre o asfalto, bicicletas fantasmagóricas, enquanto sozinho bebo uma cerveja na varanda mal iluminada. Alguém ouve Roxette, "Spending My Time". O refrão reverbera, expande-se, chega até ao cemitério, cristalizando-se em orvalho sobre as roseiras e lápides. Com absoluta naturalidade, as velhas recebem a notícia de alguma gravidez ou morte. É apenas o porvir: insistente, desolado, esperançoso, reecontrado e extraviado um milhão de vezes. Amanhã, dia 31 de Dezembro, dedicarei a minha imensa ternura aos trabalhadores notívagos desta cidade desolada, diminuta, atravessada por uma luz sonâmbula: vendedores em depósitos de bebidas que ardem no lusco-fusco, uma cabeleireira que esparge glitter em cabelos que se preparam para o baile, um atendente de funerária que espera a única hora que não falha. Longe explodirão as bombas, quebrar-se-ão as garrafas, romper-se-á a desesperança com um zunido que alegra e perturba todos os sentimentos: os bons, os desolados, os necessários, os violentos.

Posfácio

O princípio da saudade, ou uma topografia

aquela sensação de algo que se prolonga no ar, criando uma ideia de mundo em suspensão do tempo, dos ruídos, dos ventos.
(Daniel Francoy)

"O amor precisa ser reinventado", dizia o moleque Rimbaud em sua *Estadia no inferno*, e ninguém nunca soube bem por onde começar o processo, embora tantos o tentem a cada dia, tateando a torto e a direito, até porque o não-saber do amor parece ser sua peça chave. *L'amour est à reinventer, on le sait.* "O amor precisa ser reinventado, a gente sabe." Sabemos que é preciso reinventá-lo, sim, mas o que é aquilo que não sabemos por onde reinventar? Não sabemos. E no entanto precisa ser reinventado esse quê que não sabemos; talvez porque não sabê-lo seja o passo necessário ao sonho da reinvenção. E o que seria, afinal, reinventar? Se formos à etimologia do latim, *invenire* significa topar com algo, seguir até encontrar algo (*in+venire*); não propriamente a invenção *ex nihilo*, mas a invenção como encontro fortuito; nesse sentido, inventar um poema, mais do que criá-lo, é encontrá-lo onde estiver. Reinventar, então, seria reencontrar o que não propriamente se perdeu, mas esteve o tempo todo à espera. Não à toa, o verbo que fundava toda a poesia trovadoresca era precisamente *trobar*, encontrar algo, a canção a ser cantada, o amor cortês que cortejasse o ser amado. Nessa poesia amorosa trovadoresca, *trobar* era encontrar o caminho do poema no amor, e do amor no poema, ou talvez mais precisamente: encontrar o amor do poema, fazendo um poema de amor, onde quer que eles estivessem. Seria o caso, então, de pensarmos uma topografia do amor? Uma topografia do poema? E essa topografia tentaria descrever seus ambientes, sua constituição afetiva, ou se limitaria a narrar cada um dos *topoi* que constituem o poema? Certamente a topografia como lista de *topos* é um dos piores lugares da crítica literária; porque transforma o lugar do poema, e o lugar que é o poema, em meras coordenadas dos lugares comuns retrabalhados. Não é esse *topos* que nos move hoje, embora esteja na topografia necessária. A topografia do amor do poema é aquela que tenta entrevar que lugar tem lugar no acontecimento do poema. Por certo, é uma paisagem instável, um jogo bastante perigoso (se usarmos o título do primeiro livro de Adília Lopes), que se constrói durante a leitura/audição do poema e que pode, quem sabe, perdurar além do texto, desdobrado na vida. O lugar que tem lugar no acontecimento do poema é o móbile de qualquer poeta, é o que resta a encontrar e reencontrar, como o amor.

Daniel Francoy vem traçando um percurso impressionante e discreto na poesia brasileira. Discretíssimo, talvez, por ter publicado seus dois primeiros livros — Em *Cidade Estranha/Retratos de Mulheres* (Editora Artefacto) e *Calendário* (Editora Artefacto) — em Portugal, para só em 2016 estrear de fato no Brasil com *Identidade* (Editora Urutau), que lhe rendeu o prêmio Jabuti, numa espécie de segunda estreia, reinvenção de si no próprio lugar. Nesse percurso, é possível ver uma obsessão com as tensões entre a paisagem subjetiva da memória, da fantasia, do devaneio, de um lado, e os lugares concretos por onde passa o poeta/eu-lírico (Francoy volta a borrar essas fronteiras sempre frágeis) num movimento que lembra uma espécie nova de *flaneur* pós-drummondiano. Em sua poesia, o lugar que surge não é o desfile do *dandy* que descobre a cidade em suas minúcias enquanto se revela um pouco acima, um pouco fora, da modernidade que o cerca e o constrói. Não, Francoy caminha num mundo precário, num mundo caduco que, querendo ou não, é preciso cantar. Mais precisamente, eu diria que é preciso inventar o mundo caduco a ser cantado; sobretudo num momento em que, cada vez mais, é a experiência virtual que rege a partilha coletiva dos espaços; enquanto as ruas das cidades vão sendo esvaziadas, nos centros, nos comércios tradicionais de sapateiros, lanchonetes, chaveiros etc. É talvez aqui que se acha o lugar na sua poesia, ou, retomando o que formulei, é aqui que tem lugar o lugar da poesia de Francoy, num gesto que poderíamos denominar, na falta de termo melhor, como um princípio de saudade. Penso aqui nos dois sentidos da expressão: é um princípio de saudade, porque é uma saudade inicial daquilo que aos poucos se perde, e não de uma perda já dada; sendo assim, o princípio dessa saudade é também um embate político e poético de como conviver com o que se perde, enquanto se perde, para dizer se é possível superar a saudade pela linguagem, pela construção no poema do espaço que desaparece da cidade. Mas também é um princípio de saudade como um preceito, aquela lei de saudade que, vendo a precariedade de tudo, a inexorabilidade do fim, se anuncia como saudade antes mesmo da perda, porque percebe na perda futura do mundo também a perda de si. Se o primeiro princípio de saudade pode ecoar poemas como "Elegia Inútil", de Manuel Bandeira, em que vemos o poeta pernambucano lamentar a mudança burocrática dos nomes das ruas do Rio de Janeiro; o segundo princípio guarda aquela melancolia de Carlos Drummond de Andrade em poemas como "Elegia 1938". Vejamos um trecho que lemos em "22 de janeiro de 2017":

> *E é com desolado encanto que vejo Ribeirão Preto, quando transformada em lugar literário, aproximar-se dessa memória inventada, confundindo-se com as cidades e os cenários acima nomeados. Exemplo: o supermercado Extra da avenida Presidente Vargas, mais precisamente a sua praça de alimentação. Um restaurante japonês, um Girafas e um Burger King. Estão sempre às moscas. A praça de alimentação é toda de paredes de vidro e, enquanto se come, é possível observar o vento encarnado de poeira dando voltas lá fora, ao redor dos telhados de uma cidade sem qualquer história.*

O lugar que tem lugar na poesia de Daniel Francoy, o amor que se reinventa e se reencontra no poema, pode ser então visto como uma topografia do princípio de saudade; ou melhor dizendo, o duplo princípio de saudade organizado enquanto topografia: cada canto da cidade pode ser revirado e transformado em ponto ideal do poema, não por sua idealização, nem por seu fim, mas porque sua iminência de fim, ou seu estado de memória adiantada, o põe em relação com a finitude do humano; todo terreno baldio contém, ao mesmo tempo, o germe de um edifício cinza e a memória do que foi (suponhamos bosque, suponhamos casa demolida, tudo é outro) num movimento de devir que revela seu rastro apenas àqueles que reconhecem no devir sua própria condição. No entanto, essa tensão que aparece em sua poesia pode se diluir, passar rapidamente, estar implícita, elíptica, paratática; são muitos os golpes de visão em sua obra. E aqui entra a força nova desta invenção dos subúrbios.

De 20 de junho de 2013 até 25 de dezembro de

2017, o livro reúne quatro anos e meio de textos que, se à primeira vista parecem anotações — um diário —, logo tornam-se verdadeiras crônicas, ou poemas em prosa em elegia a um mundo caduco, com o qual o poeta se identifica e estranha constantemente. Mas não é um diário, ou não precisamente um diário, porque aqui está retirado o tempo cronológico. Em vez de seguir os dias do ano, Francoy estabelece uma cronologia em espiral, que se organiza por meses, ou mais especificamente, pelos dias do ano, fundindo os anos. Assim, 22 de janeiro de 2017 vem antes de 24 de janeiro de 2016, e é a temporalidade dos períodos do ano, de suas estações, repetições climáticas, repetições nas práticas do dia a dia, é o movimento regular do ano como ritmo de base que regula esses poemas cronísticos. Nessa temporalidade, o que se perde, ou o que dá lugar ao lugar do poema como princípio de saudade, é o que se repete em sua finitude, ou seja, aquilo que não acaba de uma vez, mas que não cessa de acabar, seja pela reminiscência do sujeito, seja pela condição de precariedade que envolve determinados espaços. Os dias ganham afinidades pelos seus lugares no calendário, mais do que por sua sequencialidade factual, e assim vemos as obsessões do poeta se organizarem de modo por vezes espantoso, ao longo dos anos. O que passa a ser ainda outro ponto deste livro: não só crônica, não só poema em prosa, não só diário, ele também é o contraponto, o outro modo de organizar a topografia que vemos nos poemas. De algum modo, percebemos aqui, pela fragilidade do eu que assina cada texto, pela sua exposição geral entre encantamento e cansaço, a máquina do poema, a fábrica do poema, até onde ela fracassa. Nisso parecem ecoar os versos de Waly Salomão, em "A fábrica do poema":

Vão-se os anéis de fumo de ópio
E ficam-me os dedos estarrecidos.
Metonímias, aliterações, metáforas, oxímoros
Sumidos no sorvedouro.

Quando acordamos da poesia de Francoy neste *A invenção dos subúrbios*, podemos pensar que ficaram apenas os dedos estarrecidos, desprovidos do poema que a máquina anuncia — assim ficam talvez aqueles que confundem o poema com o verso —; no entanto é aqui, mais do que em qualquer outro lugar que, inventando os subúrbios em que vive e escreve, em que trabalha e passeia e descansa, Daniel trova seu poema, reinventa seu amor, que assim, reinventado, permanece no leitor por se reinventar.

Guilherme Gontijo Flores

coordenação editorial
Marcelo F. Lotufo
Rodrigo A. do Nascimento

revisão
Rodrigo A. do Nascimento
Cláudia T. Alves

projeto gráfico
Bruna Kim

capa
gravuras originais de Helena Freddi
sobre fotografias de Daniel Francoy

imagens miolo
fotografias de Daniel Francoy

fontes da capa
Ferrum
GL-Tsukiji-Shogo

Dados Internacionais de Catalogação na Publicação (CIP) de acordo com ISBD

F826i

Francoy, Daniel

A invenção dos subúrbios / Daniel Francoy. - São Paulo : Edições Jabuticaba, 2018.
133 p. : il. ; 14cm x 21cm.

Inclui índice.
ISBN: 978-85-93478-11-6

1. Literatura brasileira. I. Título.

2018-1517

CDD 869.8992
CDU 821.134.3(81)

Índice para catálogo sistemático:
1. Literatura brasileira 869.8992
2. Literatura brasileira 821.134.3(81)

Elaborado por Odilio Hilario Moreira Junior - CRB-8/9949

ISBN 978-859347811-6

www.ediçõesjabuticaba.com.br
www.facebook.com.br/Edjabuticaba

Outros títulos das Edições Jabuticaba

Que tempos são estes	Adrienne Rich trad. Marcelo F. Lotufo
Por trás e pela frente primeiro	Kurt Schwitters trad. Douglas Pompeu
As Helenas de Troia, NY	Bernadette Mayer trad. Mariana Ruggieri
O método Albertine	Anne Carson trad. Vilma Arêas e Francisco Guimarães
O Hábito da Perfeição	Gerard Manley Hopkins trad. Luís Bueno
Os elétrons (não) são todos iguais	Rosmarie Waldrop trad. Marcelo F. Lotufo
Cálamo	Walt Whitman trad. Eric Mitchell Sabinson
Nocaute / 6 poetas / Cuba / Hoje	org. José Ramón Sánchez trad. Rodrigo A. do Nascimento e Mariana Ruggieri
Diário de Classe	Antonio Arnoni Prado apresentação Vilma Arêas
Sotto Voce e outros poemas	John Yau trad. Marcelo F. Lotufo

jabuticaba

Este livro foi impresso na gráfica PSI7, em papel *off white* soft 80 g/m² (miolo) e cartão 250g/m² (capa) e composto em fonte Garamond.

ARTAS
UZIOS